恋する豹と受難の猫

野原　滋

幻冬舎ルチル文庫

CONTENTS ✦目次✦

恋する豹と受難の猫……5
あとがき……254

✦カバーデザイン＝chiaki-k（コガモデザイン）
✦ブックデザイン＝まるか工房

イラスト・街子マドカ✦

恋する豹と受難の猫

なんで？　と思った瞬間、意識が途切れた。次に気づいた時には、穂村健一《ほむらけんいち》は暗闇の中に投げ出されていた。

記憶の最後にあるのは、目前に迫った大型のトラックだ。運転をしていた男が大きく目を見開く顔が見えた。物凄《ものすご》く驚いたようなその表情に、こっちのほうが吃驚《びっくり》だよと思い、……そのまま暗転したのだ。

信号は守っていたはずだ。横断歩道の向こうにある信号が青になったのをちゃんと確かめてから自転車のペダルを漕《こ》いだ。三回ほどペダルを回し、スピードが乗ってきたところで、突然健一の目の前にトラックが飛び込んできたのだ。

脇見運転か、或《あ》いはブレーキか何かのトラブルに見舞われたのか。いずれにしろ、健一に非はないと思う。

そして。

たぶん自分はあのトラックに撥《は》ね飛ばされたんだろう。……まいったなあと思う。

大学四年の夏休み。運よく就職も内々定をもらい、単位もほぼ取れていた。前日には大学の友人たちと飲み、のんびりと起きた土曜日の朝だった。朝といってもそれは健一の感覚で、時間的には昼近くになっており、母親に小言をもらった。昼飯にするには早過ぎて準備が間に合わず、朝飯にするには遅過ぎて面倒だと、そんなことを言われた。

「内々定が出たからって、自堕落な生活をしちゃ駄目でしょう。仕事が始まったら苦労するのは健一なんだからね」

もっともな言い分だが、夏休みだし、しかも土曜日だし、これくらいいいじゃないかと内心で思いながら、キッチンにある食パンを食べようとして、また叱られた。

「今から食べたら昼ご飯が食べられないじゃない」

「食べられる。腹減ったし」

「じゃあ、焼くぐらいしなさいよ」

「いいんだよ」

「目玉焼き作ろうか？」

「いい。大変だろ」

「これくらいならすぐだから。嫌なのよ。食パンをそのまま齧《かじ》るとかやめてちょうだい」

昼飯の準備をしている母親の手を煩わせるのはと気を遣った結果、更にお小言をもらってしまった。

専業主婦の母親は、家族の食生活を充実させることが自分の仕事だと頑《かたく》なに思っている人で、健一が適当なもので腹を満たそうとすると嫌な顔をする。そんな母だから、料理は美味《うま》く、それには感謝をしているが、こうやって口うるさく言ってくるのが面倒臭い。

父はそんな母の性格を熟知しているから黙々とご飯を食べる。一時期は反抗した健一も、無駄な抵抗をしなくなった。大人しく出されたものを食べ、美味いよと感謝をしていれば、母の機嫌がいいからだ。実際、あの人の作る料理は手間がかかっていて、何を出されても文句はない。まあ、たまには宅配のピザとかインスタントラーメンとかファストフードとか、そういうもんが無性に食べたいと思う日もあるけど、欲求は外で満たせばいいのだと、諦めている。

健一と父親はそれでいいのだが、今年高校二年になる弟の浩二は、絶賛反抗期中ということで、これが問題を起こすのだ。自分にも身に覚えがあるので、あまり偉そうなことは言えないが、親に小言をもらい、ふてくされている態度は、過去の自分を見せられているようで、少しいたたまれない。

今日も健一が遅くに起きてリビングに下りていくと、先にいた弟に意味もなく睨まれた。こう、なんというか、何をしてもしなくても気に食わない。触れるもの皆傷つける。そんなお年頃の弟の眼力は無駄に強い。

母親が手早く焼いてくれた目玉焼きとトーストを運んできて、弟の前で食べる。目玉焼きの横にはカリカリに焼かれたベーコンとサラダまで載っていて、こんなに盛られたら、それこそ昼飯が食えないじゃないかと思いながらも何も言わない。

「あ、ゼラチンがない。ごめん、こうちゃん、ちょっと買ってきてくれる？　ついでに明日の分の食パンも。あとね、ちょっと待って」

他に足りないものはないかと冷蔵庫を開けている母親に、浩二が案の定「えー」と、不満げな声を上げた。

「なんで俺が。やだよ」

「ハンバーグ作るのにいるのよ。ね、お願い。お母さん手が離せないし」

何故《なぜ》ハンバーグを作るのにゼラチンがいるのかと不思議に思う健一だが、肉と一緒に捏《こ》ねると肉汁が閉じ込められ、焼いたときにうまい具合に溶け出して、凄く美味《おい》しくなるのだと言っていた。

こういうひと手間を惜しまないのがやはり凄いなと感心するが、弟はそう思わないらしい。

「ゼラチンなんか入れなくても別に変わんないだろ」

「変わるのよ。全然違うの。ね、こうちゃんだって美味しいの食べたいでしょ？」

「別に。っていうか、なんで俺？　兄貴が行けばいいだろ」

「けんちゃんは今ご飯を食べてるから。こうちゃんお願い」

「だからやだって。こんな時間に飯食ってんのが悪いんだろ」

目の前で親子喧嘩《げんか》が始まり、おまけに自分まで引き合いに出され、健一はうんざりして箸を置いた。二日酔い気味で身体《からだ》が怠《だる》く、ちょっと腹を満たそうと思っただけなのにガッチリと食事を用意され、その上空気が険悪になり、気分が悪くなったのだ。

「……いいよ。俺が行くよ」

「え、けんちゃん。いいの？　まだ食べてるのに」

「こんな雰囲気で食べられないよ。俺が行くからそれでいいんだろ?」

食事の途中で席を立った健一に、母親は驚いた顔をし、弟は険のある視線を寄越した。

普段ならもうちょっと穏やかな物言いをするのだが、今日は体調が悪過ぎた。せっかく昨日は楽しい思いをしたのに、朝から気分を害され、棘《とげ》のある言い方になってしまった。

財布と携帯だけをポケットに入れ、食事も途中で出ていこうとする健一に、浩二がちらりと機嫌を伺うような顔をして、だけどプイ、と横を向く。こちらも大概大人げないが、そっちもいい加減にしろよと言いたくなる。

「反抗期って面倒臭いね」

言わなきゃいいのに言ってしまい、案の定浩二が睨んできた。出ていく健一の背中に向かい、「バーカ、死ねよ」と小さく投げつける。

「おまえ、冗談でもそういうこと言うんじゃないよ」

「別に」

ここ最近の口癖になっている台詞《せりふ》を吐き、弟が頑なな横顔を作っていた。

そんな弟の態度に、健一も不機嫌な溜《た》め息《いき》を洩《も》らし、そのまま家を出た。そして近所のコンビニまで自転車を走らせ、信号待ちをしていたのだ。

暗闇の中を漂いながら、家を出るまでのやり取りを、健一は思い出す。

あれが最後の会話になってしまったのかと、ぼんやりと考えた。

自分は死んだのだろうか。……死んじゃったんだろうな。

あんな態度をとるんじゃなかったと後悔する。いつもならもう少し穏便な受け答えができたのだ。ほんのちょっと体調が悪く、前日の楽しかった気分を母の小言と弟の態度で台無しにされ、攻撃的になってしまった。

母は健一を使いに出したことを後悔するだろう。弟は、……健一の背中に投げつけてしまった自分の言葉に苦しむだろう。

あんなのは日常茶飯事の捨て台詞《ぜりふ》で、言われたこっちはなんとも思っていない。自分だって中学の頃は、親に相当反抗した。健一に比べれば、浩二の悪態なんか可愛いものだ。浩二だって悪い言葉だと分かっていたから、小さい声で言ったのだ。本当は気が小さくて、素直な性格だということを、ちゃんと知っている。

だけどそれを伝える術《すべ》もない。

朝起きてきたところからやり直したい。出掛ける寸前でもいい。弟に悪態を吐《つ》かせないやり方で、家を出ればよかった。朝ご飯、全部食べればよかった。ハンバーグも食べたかった。ゼラチンが入っているからかどうかは知らないが、母の作るハンバーグは絶品なのだ。

いろいろと後悔しながら暗闇の中を漂っていると、遠くから声が聞こえてきた。なんとなく自分を呼んでいるような気がして、そちらのほうへ意識を向ける。

……もしかしたら助かったのか？　意識不明の状態で、生還しようと闘っているのかもしれない。

辺りは依然暗闇に包まれたままだが、声のするほうへ、健一は懸命に集中した。

「……いん、目を覚まして」

湿った声が耳に届き、健一はそっと目を開ける。

そこには大きな瞳があった。健一を見つめるその瞳は濡《ぬ》れていて、ずっと泣いていたのだろうと想像がついた。目を開けた健一を見て、ああ、よかったと、細めた目に再び涙を浮かばせている。

見慣れた顔は、弟のものだ。

「テオ……」

幼い弟の名を呼び、あれ？　と思う。

すんなりと弟の名を呼ぶが、同時に混乱した。

健一の弟の名は「浩二」のはずだ。それにこんなに幼くない。だいたい、外見がまったく違うじゃないか。だって、どう見ても日本人じゃない。

だけど、目の前で心配そうに自分を見つめている男の子は、まぎれもなく自分の弟なのだ。

灰色の瞳に栗色の髪。癖の強い巻き毛はクリンクリンと頭の上で渦を巻いていて、それを指に絡めながら撫《な》でてあげるのが好きだ。十歳のテオは兄の自分が大好きで、何処《どこ》へ行くにもついてきた。

テオの後ろに大人の男女がいる。テオと同じように健一の顔を心配そうに覗《のぞ》いていた。弟にそっくりな顔をした男性と、もう一人は自分によく似た女性。……父と母だ。

弟と同じ、父の栗色の髪は、短いせいで癖が分からない。だけど伸びてくると渦を巻き、毛先が撥ねる。母の髪は癖のないダークブラウンだ。自分の髪色は母よりももっと濃くて、黒に近い。瞳の色も同じ、黒かったはずだ。

「兄さん。やっと目を覚ましてくれた」

テオが新しい涙を零《こぼ》し、寝ている健一に抱きついてくる。小さな手が首に巻きつき、健一も腕を伸ばし、弟の頭を抱いた。いつものように、栗色の巻き毛を指に絡ませながら。

テオの後ろでは、父と母が寄り添うようにしながら目元を拭《ぬぐ》っている。

「よかった。このまま目を覚まさないで、……死んじゃうのかと思った」

自分に抱きつきながらテオが言い、健一は「大丈夫」と声を出した。思っていたよりも高く細い声が出る。そうだ。これが自分の今の声だ。

弟の浩二と同じ、十六歳のケインの声。

「助かってよかった。本当によかった。ケイン兄さん」

「うん。心配かけてごめんな」

テオの頭を撫でながら、健一は自分が助からなかったのだと納得した。

そうか。助からなかったんだ。……健一は。

買い物の途中でトラックに撥ねられ、この世を去ったのだ。

そして今、自分はケインとしてここにいる。

父も母も、弟のテオも、自分の家族としてちゃんと認識できる。物心ついた時から今日までのここでの暮らしも、すべて覚えている。そしてもう一つある健一としての記憶も、夢だとは思えないほどに鮮明だった。

日本という国の東京という都市で生まれ、二十二歳までそこで生活をしていた。家族構成は今とまったく同じ、両親と弟の四人家族だ。大学四年生の夏休みまでの記憶が、はっきりと思い出せる。

混乱は未《いま》だに去らないが、泣きじゃくる弟を慰めながら、ケインは静かに考えを巡らせる。

健一は死に、ケインが生まれた。

どういうわけか分からないが、自分は今、前世の記憶を取り戻してしまったのだ。


ケインが目を覚ましたという知らせを聞き、村の人々が集まっている。

狭い家は押しかけてきた人でギュウギュウになり、だけどみんなが笑顔でケインの目覚めを喜んでくれた。

「まったく、心配させやがって。目を覚ますまでの間、村中が葬式のようだったんだぞ」

まだベッドから身体を起こせないケインの顔を代わる代わる見つめ、笑顔を覗かせる。

「本当だ。もう無茶はしてくれるな。おまえが村のみんなのためを思って頑張ってくれたのは分かるがな」

そう言って、この村の村長にあたるジョゼフが痛ましそうに頬を歪《ゆが》めた。

「……あれはまずかった。貴族様に逆らっちゃ駄目だ」

「逆らってないよ。俺はただ……」

言い訳をしようとするケインに、ジョゼフは「分かっている」と言いながら、「だけど駄目なんだよ」と小さく首を振る。

「おまえのしたことは、この国では御法度だ」

ユースフト王国。それがケインたちの暮らす国の名だ。王が国を支配し、その下にいる貴族が各領地を治めている。王都は遠く、辺境に位置するケインの村からは、馬車を使って十日ほども掛かるのだ。

ユースフトの王都には、王族と、各領地主である貴族が暮らしている。城下には商業施設が並び、ここはまったく違う大きな街だと聞いているが、村人のほとんどは行ったことがない。ケインの家族も、もちろんケインも同じだ。

ユースフト以外の国々は、辺境のケインたちの村のずっと向こうに広がっているらしいが、王都と同様、そちらへ訪れたこともない。他の国へ行くには、険しい山脈を越え、広大な砂漠や海を渡らなければならないので、おいそれとは行き来ができないのだ。

砂漠や海をケインは知らない。だけど健一の記憶を取り戻した今は知っていた。家族や友人と海で遊び、砂漠の光景を写真や映像で見たことがある。以前は想像すらできなかった風景を、容易に思い浮かべることができるのだ。

そして今いるケインの世界には、あちらでは見ることのできない風景がある。

翼を持つトカゲや、人間よりも大きな昆虫、二本足で立つ獣。

この世界には、魔物と呼ばれるものが生息しているのだ。

千年以上も昔、大陸は人よりも魔物の数のほうが圧倒的に多く、人々は怯《おび》えながら暮らしていた。それら魔物は、今よりもずっと力が強く、この世界を支配していたのだ。

そんな強大な力を持つ魔物と戦い、居住地を勝ち取ったのが、ユースフトの王の祖先たちだ。彼らは魔法を使い、魔物たちを退治して、この土地を安住の地としたといわれている。

危険な魔物たちも今は力を失《な》くし、数を激減させた。

力を失くしたといっても、完全に無害になったわけではない。魔力を持たない普通の人間にとっては未だに脅威だ。だから領地の外へはやすやすと出ていけない。広大な砂漠も海もこの目で見ることもなく、一生この土地で暮らしていかなければならない。

魔物退治をした英雄たちを祖先に持つ王族は、未だにその力を保有し、国を守ってくれている。魔力を溜め込んだ魔石を国の方々へ設置し、魔物たちが領地へ入り込まないように結界を張ってくれているのだ。また、時々結界をかいくぐって領地に入り込んでくる魔物たちを、彼らは駆除もしてくれる。

ケインたちの村にも、もちろん結界の魔石が設置してある。村の四方にある石台に置かれたそれは、子どもの頭ほどの大きさで、濃い青色をしていた。魔石に溜め込んだ魔力は消費され、濃い青の色が段々と薄くなり、最後には普通の石と同じ灰色に変わる。そうなる前に、定期的に領主や領主代理、または王都から魔力を持つ貴族が派遣され、魔力を補充してくれることになっている。

王族は強大な魔力を持っていて、彼らから派生した貴族もまた、大なり小なりの魔法を操れる。貴族の中でも王の血縁や、魔力の強い者が高位の爵位を持ち、その力を存続させるための婚姻を繰り返し、爵位を保っている。

そして、ごく希に平民の中からも、魔力を持つ者が生まれてくることがあった。そういう者は王都に呼ばれる。魔法が使えることで、王族や貴族に仕えることができるのだ。

王都の中でも城下と貴族街の間は、頑強な城壁で区切られ、中に入ることのできる平民の数は限られていた。一生のうち、王都へ行くことすら叶《かな》わない平民にとって、城壁の内側に入るということは、大層な出世であり、憧れでもあった。

平民でありながら魔力を持つ希有な存在。ケインはそんな中の一人だった。十五歳の成人を迎えた頃に、突然開花したのだ。

生まれた時から自覚のある者、ケインのように成長の途中で花開く者など、魔力の開花する時期はまちまちで、それも王族や貴族のような強大な力でもない。せいぜい小さな火を指先に灯《とも》したり、掌《てのひら》に少しの水を湧かせたりなど些細《ささい》なものだったが、それでも村の人々は沸き立った。ケインの住む村では、今まで魔力を持つ人間が出現したことがなかったからだ。

もし、貴族にその力を認められ、王都で職を得ることができれば、とても名誉なことであり、村にも何某《なにがし》かの恩恵が与えられるかもしれないという希望もあった。

そしてその目論見《もくろみ》はすぐに実現されることになる。魔物除けの魔石に魔力を補充しにやってきた役人に、ケインは呼ばれることになったのだ。

今回ケインたちの村にやってきたのは、領主でも領主代理ではなく、オーギュストという男爵の爵位を持つ男だった。ケインの噂を聞き、わざわざ王都からやってきたのだった。

数人の護衛を連れ、オーギュストは村に設置されている魔石に、手早く魔力を補充して回り、それから村長の家へとやってきた。

「おまえが魔力を保有するという者か。どれ、顔を見せろ」

深く頭を下げるケインにオーギュストが言い、ケインは恐る恐る顔を上げた。

オーギュスト男爵は村長のジョゼフよりも若く、四十前後に見えたが、本当の年齢は分からない。彼らは姿を変えることや、幻惑で相手の目を誤魔化すこともできるといわれている。

赤みの強い茶色の髪に、薄青い瞳の色を持つオーギュスト男爵は、端整な顔つきをしており、整い過ぎたその顔は、瞳の色も相まって、いっそ冷徹にも見えた。少しも表情を動かさないまま、オーギュストがケインを見つめる。

「魔法が使えると聞いたが、どの程度のものか。生まれたときから自覚はあったのか？」

ケインの目の前に手を翳《かざ》し、何かを測るような仕草をしながら、オーギュストが淡々と質問をし、ケインは素直に答えた。

魔力が宿ったのは一年ほど前だったこと。手を触れずに物を動かしたり、指先に火を灯したりができること、初めはちょっとしたことで疲れてしまっていたが、最近ではそれも少なくなり、少しずつ安定してきたことなどを話す。

「ふむ。些細な生活魔法の域を出てはいないが、一年でそれだと、もう少し力が伸びる可能性があるな。女性であれば尚よかったが、まあ、それでも力は力だ。使い道はある。僥倖《ぎょうこう》だったな」

ゼロからは何も生まれないが、たとえ一でも、まったくないのとでは雲泥の差があると、オーギュストが満足げに頷《うなず》いている。

「年は十六か。そうだな。下働きで雇おうとする者は大勢いる。私が紹介してやるから、王都へ来るがよい。ここよりはよほどよい暮らしができるぞ。荷物は特に要らない」

決まったことのように、オーギュストが勝手に今後のことを進めていく。ケインをこのまま王都へ連れて帰ろうという算段に、ケインは慌てて押しとどめるように手を前に出す。

「いえ。あの……まだ行くと決めたわけではありません。家族がなんて言うか」

ケインの言葉に、オーギュストが驚いたような顔をした。村を出て王都の貴族街に入れることに、まさか躊躇《ちゅうちょ》されるとは思わなかったようだ。

「家族は反対しないだろう。では今から伝えてきなさい。時間はそうない」

「いえ。……あの、その前に、是非《ぜひ》聞いてほしいことがあるのです」

ケインはこの機会に、オーギュストにこの村や、近隣の町の窮状を訴えることにした。税の取り立てが厳しく、生活が圧迫されていること。設備の老朽化で、援助が欲しいことなどを説明する。

この国には四季がなく、一年中温暖な気候で、土壌も豊かだ。ケインたちはそこで牛を飼い、麦や野菜などを育てて暮らしていた。しかし領地に納める税が厳しく、どれだけ働いても人々の生活がカツカツなのだ。収穫した作物の約七割が持っていかれる。

オーギュストは黙ってケインの言葉を聞いているが、その表情に変化はない。そして、大した興味も持たないような声で、「何故そんなことを私に？」と言ったのだ。

「村の窮状を、何故私が背負わなければならないのだ」

生えそろった口髭《くちひげ》を指先で撫でながら、オーギュストが不思議そうな声を出す。

「背負ってくれというのではなく、この現状を、王にお伝えしてほしいのです」

「伝えてどうする。陛下にわざわざこの村に来て、働けと？」

「いいえ。ただ、村の現状を知っていただきたいのです」

領主は村の現状を知っていて知らない振りをしている。ならば王都から人がやってきたこの機会に、王に聞いてもらいたいと思ったのだ。

「魔物から守ってやっているではないか。魔石の結界があればこそ、おまえたちは安心して暮らしているのだろうが。それ以上我々の力を望むというのか。随分と尊大な考えだな」

オーギュストがケインを睥睨《へいげい》する。まるで虫けらでも見るような目つきだった。

「でも、その魔石だって、何回も訴えて、やっと補充してもらったんです」

村に設置された魔石の色は、かなり薄くなっていて、ケインを始め、村人たちはいつ結界が消えてしまうかと、毎日怯えて暮らしていた。魔物が入り込んできたことだって幾度もあったのだ。そのたびに騎士たちがやってきて退治をしてくれたが、魔石の補充はまた今度と言われて、それが半年も続いてしまった。領地内には村も町も多くあり、それらのすべてに魔力を注ぎ込むのが大変で、たぶん後回しにされたのだろう。

今回オーギュストが来てくれたのだって、魔力を持つ平民がいるという話を聞き、駆けつけたのに過ぎないのではないかと思っている。

「うちのすぐ隣の村も、魔石の色が薄くなっていて……」

「私は今回ここの補充だけを頼まれている。他は知らないな」

「そうおっしゃらず、どうか」

「ケイン、やめろ」

隣にいたジョゼフが、ケインの袖を強く引いた。

「でも、この機会に言いたいことを言っとかないと」

「ケイン」

「だって、今言わないと、ずっと苦しいままだよ。壊れた橋を直す金もないし、そうしたらあっちの村との商売が難しくなる。なんとかしてもらわないと」

「そんなことは貴族様に頼むことじゃない」

「じゃあ誰に頼んだらいいんだよ」

王都からは遥《はる》か遠く、職人や商売人が多く住む町さえも馬で何日もかかる距離だ。それでもケインたちはそこまで行って、商売を行わなければならない。僅《わず》かに残った作物を売って、生活に必要な物資を手に入れなければならないのだ。

そのためには、整備された道や、川を渡る橋は絶対に必要なもので、自分たちの力だけではどうにもならない。だから上の人に訴えて、なんとかしてもらおうと思っているのに。

「領主様が駄目ならもっと上の人に話を聞いてもらって……」

「黙れ」

ケインの言葉を、オーギュストが遮った。

「平民の分際で貴族を批判するなど、なんたる不敬」

硬い声は怒りに満ちている。勢いで口にしてしまったケインの言葉が、オーギュストの逆鱗《げきりん》に触れてしまったらしい。オーギュストは「大変な侮辱だ」と言いながら、その片腕をゆっくりと上げていった。

「申し訳ありませんっ。この子には私がちゃんと言い聞かせますので」

ジョゼフが膝をついた。地面に額をこすりつけ、必死に許しを乞うている。額には汗が浮かんでいて、恐怖に強張《こわば》った顔は真っ青だ。

オーギュストは表情を変えずに、上げた片腕をケインのほうに向け、翳すようにして掌を見せる。

「どうかどうか、お許しください。ほら、ケイン、おまえも謝るんだ。このままじゃ……」

ケインの腕を引っ張り、「この場で切られてしまうぞ」と、声を震わせた。

「そのような野蛮なことはしない。流血など、我々貴族が最も嫌うことだ。制裁に剣などは使わない。使う価値もない」

ジョゼフに促されて膝をついたケインを、オーギュストが冷たい目で見下ろしている。

「さて、どのような制裁を与えてやろうか」

寒々とした声がケインの頭上に響く。隣ではジョゼフが「ヒッ」と息を呑《の》む音が聞こえた。

「せっかく取り立ててやろうとしたのに、惜しいことをしたな。そのような危険な考えを持つ者を、王都へ連れて行くわけにはいかぬ」

オーギュストの声が段々と遠くなっていく。目の前の景色が揺らぎ、目眩《めまい》を起こして倒れそうになるが、身体が固まったようになり、動くことができなかった。

「自分の立場を思い知れ。そして貴族を批判したことを、心底後悔するがよい」

景色の歪みが激しくなり、気分が悪くなる。だけど地面に手をつくことも、耳を塞《ふさ》ぐこともできなかった。心臓が激しく波打ち、ポタポタと滴るのは、自分の汗のようだ。

喉から声が漏れる。息がしづらかった。地面が揺れ、目を瞑《つぶ》ってしまいたいのにそれができず、ケインは固まったまま荒い息を繰り返した。


「それで、……俺は助かったのか？　どうしてだろう」

ベッドに横たわったまま、ケインは自分の掌を見つめた。

オーギュストがケインに向けて魔法をかけたのは確かだろう。あのとき、身体に変調を来し、死んでしまうかもしれないという恐怖を味わった。

だけど目を覚ました今は、特に変化はない。怠さは覚えるが、まったく動けないということもないのだ。

「あの場で懲らしめるだけで、許してくれたのかな」

あのときのオーギュストを思い出す。不機嫌な声音《こわね》と凍えるような表情をしていて、そんな寛大な処置をしてくれる人のようには見えなかった。立場を思い知れ、後悔しろと言っていた。その後ケインは意識を失ったのだ。

だけど今、ケインは無事にここにいる。見た目よりも優しい人だったのだろうか。

「取りあえずはよかった。命拾いした」

そう言って笑顔を作るケインを、周りのみんなが見つめている。その顔にはなんともいえないような表情を浮かべていた。

「どうしたの？」

「ケイン、実は……」

長い沈黙が続き、最初に口を開いたのは、ケインが制裁を受けたあの場に一緒にいた、村長のジョゼフだ。

「おまえは呪いを掛けられたんだよ」

「呪い……？」

ジョゼフが痛ましそうに顔を顰《しか》め、「……そう」と頷いた。周りの人たちも一様に沈痛な面持ちで、俯《うつむ》いている。

「呪いってどんな？」

自覚がない。いったいどんな呪いを掛けられたというのだろうか。

「獣の呪いというそうだ。ケイン、おまえは人としての姿を失ってしまった」

「え……？」

思いもよらない言葉に、ケインは慌てて自分の顔に手を当てた。

「え、でも、俺、姿変わってないよ？」

掌にはちゃんと肌の感触があり、顔を触っているその手にも、特に変化は見つけられない。

急いでシーツを捲《めく》り、腕以外の身体の状態を確かめてみるが、やっぱり変わったところは感じられなかった。

「どういうこと？」

戸惑いながら、しつこく身体を確かめているケインの肩に、ジョゼフがそっと手を置いた。

「おまえがオーギュスト様に制裁を受けてから、三日が経《た》っている。その間、ケイン、おまえは三度、猫の姿に変わっている」

「三度、……猫？」

ジョゼフはケインに言い聞かせるように、ゆっくりと声を発した。

「ケイン、おまえは夜の間、人間の姿を失い、黒猫になる呪いを掛けられてしまったんだ」


その日の夜、ケインは窓辺に座り、外の景色を眺めていた。

月明かりが辺りを照らし、とても明るい。遠くにある丘の上に立つ楡《にれ》の木の枝が、風に揺れているのが見える。

夜でも昼のように景色が見えることに感心しながら、更に新しい景色を見つけようと目を凝らす。

ジョゼフに教えられた通り、夜になるとケインの姿は猫に変わっていた。日が落ちると共に、どんどん視線が低くなり、気がつくと両手両足が床についていたのだ。

真っ黒な毛並みに金色の瞳。それが夜のケインの姿だった。

オーギュストに呪いを掛けられ、気を失ったケインは、ジョゼフの手によって家に運び込まれ、三日三晩眠り続けたのだそうだ。そしてその間、人間の姿と猫の姿に、昼と夜とで変わっていたらしい。

眠り続けるケインを介抱しながら、両親と弟は、変化を繰り返すケインをずっと見守っていたのだという。村の人たちもひっきりなしに訪れ、見舞ってくれたらしい。

王都で働くことを勧誘されたケインが、いきなり村の窮状を訴えたことに、ジョゼフは仰天したと言った。まさかケインがあの場でそんなことを言い出すとは思っていなかったのだ。

それはそうだろうなと、自分の浅はかな行為に、ケインは今頃になって頭を抱えたくなった。魔力が宿り、貴族に取り立ててもらえたことで、知らず驕《おご》ってしまったんだろう。村の代表のような気持ちになり、誠意を以《もっ》て訴えれば、聞いてもらえると考えてしまったのだ。

「ケイン兄さん」

考え事をしながら外を眺めていると、部屋に弟のテオがやってきた。窓辺に佇《たたず》むケインを見つけ、近づいてくる。

ケインも窓から床に下りて、テオの足元まで歩いていった。窓から床までは、猫の姿から見ればけっこうな高さなのだが、軽々と下りられたことに、自分で吃驚する。

半信半疑だったけれど、自分は本当に猫になっちゃったんだなあと、呑気《のんき》に考える。

自覚できる変化としては、姿は猫で、脳内は人間のままだということだった。考えることもできるし、テオの言葉もちゃんと理解できた。ただ、人間のように二足歩行はできないし、言葉は理解できても、喋《しゃべ》ることはできなかった。

足元に寄ったケインの身体を、テオが抱き上げた。腕の中に収めたまま、たった今ケインが飛び降りた窓辺に近づき、一緒に外を眺める。

（なんか、弟に抱かれてるって、変な気分だ）

甘えん坊で、つい最近まで「抱っこ」と言って、ケインの膝に乗っていた弟が、自分を抱き上げている。複雑な気持ちでテオの顔を見上げると、テオが笑い、そのすぐあとに笑顔が崩れた。

「兄さん、……可哀想《かわいそう》に」

ケインに頬ずりをしながら、テオが言った。猫の姿に変えられてしまった兄を不憫《ふびん》に思い、悲しんでいるようだ。

（平気だよ。暗闇でもよく見えるし、身体も軽い。思ったよりも快適だよ）

弟を元気づけようと言葉を発するが、出るのは「ニャアニャア」という猫の声だ。

（猫でよかったよ。これがカエルやトカゲだったら、落ち込んでいたかも。あ、でも馬だったら、凄く早く走れたかもね。鳥になって空を飛んでみたかった）

テオに通じるわけがないが、ケインは言葉を続けた。

負け惜しみではなく、本当にこの程度で済んでよかったと思っている。オーギュストがもっと残酷な人間だったら、命はなかったかもしれないのだ。

制裁に剣は使わないと言っていた。血を流すのは野蛮なことだとも。

彼にとっては平民のケインなど取るに足らない存在で、生意気なことを言われた意趣返しに、気まぐれで呪いを掛けたということなんだろう。

……まあ、制裁としては洒落《しゃれ》ている上に、かなりの打撃だよな。

カエルやトカゲよりはよかったとはいえ、ケインは人としての真っ当な人生を失ってしまった。自分はこれから一生、夜になると猫の姿に変わる生活を続けなければならないのだ。

（結婚もできないか。子どもが生まれても、夜に猫になっちゃうんじゃあ、家族だって困るだろうし）

ケインにはまだ恋人はいない。前世の健一のときには、二人ほど付き合った女子がいたが、事故に遭ったあの頃は誰もいなかった。しかも誰とも深い関係には至っていない。

つまりは前世と今世を合わせても、付き合ったのはたったの二人で、経験もないまま、今後恋愛をすることができない身体にされてしまったのだ。

（……あ、だんだん落ち込んできた）

猫に変身してしまったことを面白がっていたケインだったが、事の重大さに今更ながら愕《がく》然《ぜん》とした。

（ちょっとこれ、なんとかしないといけないんじゃないか？）

死に至る呪いではなかったのは不幸中の幸いだが、一生このままというのは流石《さすが》に辛《つら》い。家族にも迷惑を掛けるし、ケイン自身にとっても不都合極まりない。

（呪いを解く方法ってあるのかな。男爵に聞いたら、教えてくれるんだろうか）

希望は薄そうだ。だけど他に方法が思いつかない。

恐らくは呪いを掛けた本人にしか解けないだろうと予想するが、もしかしたら他に方法があるかもしれない。多少の魔法は使えるといっても、ケインに魔法の知識は皆無だ。

会いになんか行ったら、今度こそ命を取られるかもしれない。もしくはもっと困るような獣に変えられてしまうかも。

これ以上の悲劇に見舞われないためには、この姿でいることを受け容れなければならない。しかし、自分に呪いを掛けた人物は確実に存在し、彼がケインを救う唯一の手掛かりでもあるのだ。

呪いが解けたら家族は喜ぶだろう。ベッドで目覚めたときの、目に一杯涙を溜めていたテオの顔を思い出す。

家族を悲しませるのはもう嫌だ。もちろん、自分自身だって真っ当な姿に戻りたい。

弟の腕に抱かれながら、窓の外に目を向ける。

月に照らされた景色は昼間のように明るくて、だけど自分が知っている昼の景色とは、全然違っていた。

「……これが城門か。高いな。雲まで届くんじゃないか？」

巨大な石の扉を見上げ、ケインは呟《つぶや》いた。

オーギュスト男爵に呪いを掛けられてから一月半後、ケインは王都にある貴族街の城門前にいた。

あれから随分と悩み、考え、結局は行動するしかないと決意し、ケインは王都に向けて旅立ったのだった。

呪いを解く方法を模索してみると、家族を説得した。初めは心配し、容易に許可を出してはくれなかったが、最後には許してもらえた。このまま夜には猫になってしまうことは、ケインにとっても家族にとっても、また村の全員にとっても悲劇だったからだ。

オーギュスト男爵の住む貴族街に入り込むのはまず無理だとして、取りあえず王都まで行ってみることにした。呪いを解くための少しのヒントでも得られれば、それだけで収穫だし、そうすればその先の道もまた見つかるだろう。なにしろ村で悲嘆に暮れるだけでは、確実に解決法は見つからず、ケインは夜ごと猫の姿に変わるまま一生を終えなければならない。

危険なことはしない。無理なようなら諦めて村に戻る。そう約束し、ケインは生まれて初めての王都に向け、村から出たのだ。

村の人たちの協力で、王都の近くまで馬車で送ってもらった。夜には猫になってしまうケインは、普通の乗り合い馬車には乗れないからだ。

この世界には自動車も鉄道もない。移動手段は馬車のみだ。電気もなく、灯《あか》りは蠟燭《ろうそく》とランプという具合で、文化的には、前世でいう中世のヨーロッパに近かった。

唯一の移動手段としての馬車には乗れず、だけど何日掛けても、歩いてでも王都へ行こうとするケインのため、ジョゼフが個人用の馬車を手配してくれた。その他の旅費や王都に滞在するためのお金も、村人たちが集めたものを渡してくれたのだ。

村人たちに感謝をしつつ、ケインが王都へ辿《たど》り着いたのは、村を出てから十二日後だった。そしてそれから更に一月後の現在、ケインは城門の前に立っている。

ケインは今日、この重厚な門を潜《くぐ》り、王族たちが住まう貴族街へ、足を踏み入れようとしているのだった。

「ケイン、入っていいってよ。馬車に乗ってくれ」

巨大な城門と、街を分断する城壁を眺めているケインに声を掛けたのは、フリッツという少年だった。灰色の髪と明るいブラウンの瞳を持つ、笑顔の爽《さわ》やかな十二歳だ。清潔さを保つために髪は短めに切ってあるが、少し伸びると天然の巻き毛が顔を出す。屈託のない笑顔と癖の強い髪質が、弟のテオを思い出させた。

彼は王都の城下町で商店を営む家の息子で、なんと、王宮で下働きをしているという人物だ。

フリッツとの出会いは、ケインにとってまさに幸運だった。

ケインと同じ、平民でありながら魔力を持つフリッツは、その力を買われ、王宮で働くことを許された。そしてフリッツのお蔭《かげ》で、両親の営む店の商品を納めることも許され、月に二度、こうして馬車に荷物を載せ、城門を通る。シーツや皿、蠟燭などの生活雑貨から、小麦に野菜などの食物の買い付けも手掛け、貴族たちの御用達として、商店はここ数年で大きく成長した。

そんなフリッツとケインが出会ったのは、王都に着いて、さてこれからどうしようかと、城下をウロウロしていたときだった。街並みを見て歩くだけで面白く、あちこち見物して歩いていると、街の一角で、言い争いをしているところに出くわしたのだ。

それは休暇を使って城下の商店を手伝っているフリッツと、店の客——あとで調べたら、フリッツの親が営む商店のいわゆるライバル店が雇った人物で、羽振りの良いフリッツの店に嫌がらせをするために、難癖をつけているところだった。

王宮で働く平民たちは、それぞれが自分の生活に合わせた勤務体制を取っており、一週間の内の二日を連続で休日にする者、三日勤めて一日休みを取る者、一ヶ月働いて、その後の半月を丸々休んで故郷へ帰る者など、様々だった。フリッツはその中で、半月を王宮での勤務にあて、その後の一週間を城下で過ごすために休むという体制を取っていた。

ケインが出会ったのは、フリッツの休暇中で、彼の商店の近くを通ったときにトラブルに巻き込まれ、知り合いになるという経緯を辿ったのだった。

客の言い分は、言いがかりとしか言いようがないもので、とにかく難癖をつけて店を窮地に追い込もうという魂胆だった。大男の恫喝《どうかつ》に涙目になりながらも、気丈に対応しているフリッツを助け、ケインも応戦したのだ。

ケイン自身も十六歳の若輩者だが、二十二歳の健一の記憶もあり、それが助けになった。

前世の世界でのいわゆる現代っ子だった健一は、軋轢《あつれき》や争いを好まず、それを避けるために、相手の言葉尻を捕まえ、自分の都合のいい方へ、言葉巧みに誘導するという技に長《た》けていた。今世の世界の人々は、前世に比べると、感情表現がストレートな人が多く、善意も悪意も真《ま》っ直《す》ぐにぶつけてくる。相手の思惑の裏を読むなどということはあまりなく、出した言葉は思ったことそのままだったりする。

もちろん、ここは王都という都会で、ケインが育った村の人たちほどお人好しばかりではないが、健一が暮らしていた環境よりは、ずっと分かりやすかった。

店の対応にケチをつけ、謝罪をもらった上で更に店側から赤字になるほど搾取しようという行為は、いろいろなアルバイトを経験して、クレーム処理のマニュアルを覚えさせられた健一の記憶を持つケインには、対応しやすい部類だった。

そんなことがきっかけとなり、ケインはフリッツとその両親に感謝され、彼らの家で世話になることになった。フリッツがケインに懐いてくれたことも大きい。

商店の上にある物置部屋の一角を当面の生活の場として貸してもらい、休暇を終えて王宮に戻るフリッツの代わりに、店の手伝いをすることになった。

そしてそこでも前世の経験が役に立つ結果となる。この世界では読み書きができる人が少なく、その上算術ができる人は希だった。辺境の村出身で、学校へ通ったことがないケインが、暗算はもちろん、複雑な計算も簡単にこなすことに驚かれた。帳簿付けもすぐに覚え、おまけに丁寧な対応で客からの評判もよかった。このままずっと店で働いてほしいと懇願されるほど、ケインは彼らに気に入られた。

本当の親のように親身になってくれるフリッツ一家に、ケインのほうからも信頼を置き、自分の秘密を打ち明けるのに、そう時間は掛からなかった。

もちろん、自分が前世の記憶を持つ転生者だということは言わず、告白したのは、王都に来ることになった理由だ。

貴族に意見を言うなどという大胆なことをしてしまったために、呪いを掛けられた経緯を語ると、彼らは自分のことのように嘆き、同情してくれた。

そうしてフリッツが次の休暇で城下に戻ってきたときに、みんなで作戦を練ったのだった。

幸い、ケインはフリッツと同じように魔法が使えるし、他の人が持たない技能もたくさん持っている。城壁の内側に入ることさえできれば、きっとケインの才能を認めるだろうと、ケインが王宮で働けるように手配をしてくれたのだ。

フリッツの話によれば、王都も広いが、城壁の内側の貴族街はそれ以上なのだという。フリッツは王宮で働いているが、他の貴族のことは知らず、オーギュストという名も聞いたことがないと言った。

貴族街に入ることができても、フリッツたちは所詮《しょせん》平民だ。他の貴族どころか、自分が働く王宮にいる王族の顔すら見たことがないという。

「店で働いているのと同じように真面目《まじめ》にやっていれば、追い出されることはない。ケインならきっと向こうでも重宝がられるよ。苦労することもあるだろうけど、頑張ろう。僕も応援するから」

夜に猫の姿になってしまうケインは、働くにしても制約が大きい。それに、貴族に刃向かって呪いを掛けられたなどということが知れたら、雇ってもらうのは難しそうだ。だから、ケインの呪いのことは、当面フリッツ以外の誰にも知らせないことにした。

休日の取り方を見ても、いろいろと融通が利きそうで、その辺はフリッツの両親が、夜は働かなくて済むように、しっかりと根回しをしてくれた。

「呪いが解けるといいな」

王宮へ行く準備を整えながら、フリッツが屈託ない笑顔を向けた。

「うん。でも焦らないことにする。焦っていろいろ動き回って、追い出されるようなことになったら困る」

「そうだね」

「それに、俺が問題を起こしたら、フリッツや旦那《だんな》さんたちにまで迷惑が掛かるだろう？　慎重にいくよ」

「うん。でもそこはそんなに考えなくてもいいと思うよ？」

期待と不安という二つの感情を抱えながら、決意を新たにしているケインに向け、フリッツが気軽な調子でそう言った。

「もし王宮にいられなくなったら、うちの店で働いたらいいよ。父さんも母さんも、たぶんそうしたら喜ぶ。そうしながら呪いを解く方法を探せばいい」

まんざら冗談でもない顔でフリッツが言い、ケインも「そうだね」と笑顔になった。

もし一つの道が塞がれても、別の道があるよと示唆してもらえるのは心強い。

「ケインの秘密を僕たちは知っているから、気兼ねすることもないし」

「ああ、そうだね。この街は刺激的だし、楽しい。フリッツもいるしね」

「だろう？　じゃあ、王宮に行くのはやめて、このままうちで働く？」

キラキラと瞳を輝かせるフリッツに、はは、と声を上げて笑う。

それじゃあ本末転倒じゃないかと思うが、嬉《うれ》しそうなフリッツの顔を見ていたら、それでもいいかという気になってしまう。

実際、一月余りの王都での生活は楽しかった。親切な人たちに囲まれ、こうして信頼の置ける友人までできた。呪いはやっかいだけど、こんなことがなければ一生王都に来ることもなかっただろうことを思うと、この呪いも案外悪いことだけじゃないな、なんて思えてしまうから不思議だ。

「それでもやっぱり、俺は夜も人間の姿でいたいから、一応頑張ってみるよ」

取りあえずの目標は、とにかく城門の内側に入り込み、貴族街を知ることだ。そしてケインに呪いを掛けたオーギュスト男爵を見つけなければならない。

その先はどうするのか、まだ作戦は立てていない。自分は男爵を探しているが、もし向こうがケインを見つけたら、ただでは済まないだろう。

幸い、平民のケインたちは、貴族の前に顔を出すことは滅多にない。それにケインの職場は王宮だ。男爵が気軽に訪れるような場所ではないし、ましてや下働きのいる界隈になど足を踏み入れることもないだろう。

働きながら地道に情報を集め、いろいろな方法を見つけられたらいいと思う。向こうで信頼を得るために、努力をしよう。そうすれば、フリッツのような味方が、もっと増えるかもしれない。大魔法使いと知り合うことができたら、簡単に呪いを解いてくれるかもしれないのだ。

調子がよすぎる想像だが、悲嘆に暮れるよりはよほどいい。

こんな風に楽観的な考え方を、自分はしていただろうかと、ふと考える。

前世の記憶が戻る前のケインだったら、親の反対を押し切ってまで村を飛び出すような行動は取らなかったような気がする。呪いを解こうなんて考えず、自分がしでかしたことなのだからと受け容れていたかもしれない。

前世の記憶を取り戻したことで、ケインの中で変化が起き、性質が変わってしまったんだろうか。健一としての性格が強く出ているから、今現在に至っているということは、紛れもない事実だ。

では、本来のケインとしての気質がなくなってしまったのかといえば、それもそうとは言えない。

何故ならフリッツと知り合うきっかけとなった騒ぎで、前世の健一だったら、あの場で仲裁に入ろうとは絶対に思わないからだ。

（正義感が強いんだよな。自分で言うのもなんだけど）

前世の健一は、危険な場面に自分から突っ込んでいくような真似《まね》はしない。それはあの世界に生きる者が備えている防衛本能だ。

だけどケインはなんら躊躇をすることもなく、諍《いさか》いの中に飛び込んだ。そしてそれがあったから、今こうしてフリッツと共に笑い合い、彼の協力を得て、貴族街に入る機会を得られたのだ。

本来のケインと、前世の健一と、どちらの性質が色濃く出ているのか、自分でも分からない。ただ、前世の記憶を呼び起こしてしまったケインは、思い出す前のあの頃にはもう戻れない。

（まあ、なるようになるか）

事なかれ主義で楽観的な健一も、正義感が強く無鉄砲なケインも、どちらも自分だ。

「日が沈む前に全部を済ませなきゃね」

馬車に揺られながら物思いに耽《ふけ》っているケインにフリッツが言った。

「猫になっちゃったら、仕事の引き継ぎも、荷物を整理することもできなくなるだろう」

「確かに。役に立たなくなっちゃうからな」

ケインの言葉にフリッツが笑う。

「役に立たなくても猫のケインは可愛いからいいけどさ。ね、あっちに行ったら、夜には僕の部屋においでよ。一緒に寝よう？」

「えー……？」

不穏な声を出すケインに、フリッツは「だって、初めての王宮だし、心細いだろ？」と、強い声で言った。

フリッツは小動物が好きなようで、黒猫に変身したケインに興味津々なのだ。フリッツの家でお世話になっているときも、猫に変身する様子を、目を輝かせて眺めていた。そして自分のベッドにケインを引き入れて、抱いて寝ようとするのを回避するのが大変だった。

「一緒の仕事に回されたらいいな」

「そうだね。でもどうだろう。そう上手《うま》くはいかないかもね。俺は新人だし、田舎出身だし」

「ケインならすぐに慣れるって。なんでも聞いてね。僕がついているから」

フリッツが頼もしい笑顔を見せながら、「だから夜は僕の部屋においでよ」と、しつこく誘ってくるのだった。


王宮の裏手の庭で、ケインは洗濯をしていた。

ケインが王宮に下働きとしてやってきてから五日が経っていた。

王宮に入ってすぐに、フリッツの両親が用意してくれた紹介状を持って、ケインは家令長のもとへ行き、面接を受けた。

読み書き計算ができること、フリッツの商店での業績が書かれた経歴を見て、即採用の返事をもらい、無事王宮で働く権利を手にした。

経歴に書かれた内容は、だいぶ盛られたものだったが、家令長は深く突っ込むこともなく、次にはケインを使用人長のところへ連れていった。家令長は王宮で働く使用人全般の長で、使用人長は、ケインたちのような下働きの者の統括をしている人だ。

採用されたケインは、まずは洗濯や皿洗い、家屋や庭の補修の手伝い、野菜の皮むきなど、あらゆる雑用をこなすことを命じられた。その働きぶりを見て、最終的にどの仕事を任せることにするのかを見極めるようだ。

王宮での下働きの仕事は、交代制の護衛などを除き、大概が朝から夕方までだ。王族の直接の世話をする侍女や騎士の仕事は下級貴族が担うため、ケインたち平民は、本当に下働きのみで、毎日同じことの繰り返しになる。

経歴には身体があまり丈夫ではなく、夜は仕事を回さないようにということがしっかりと記されており、了承をもらった。

すんなりと採用されたことに、安堵《あんど》と共に驚きもあったが、平民で魔力を持つ者は本当に稀少で、王宮はいつでも人手不足らしい。フリッツには、ケインほどの能力があれば、絶対に不採用ということはないからと言われたが、やはり正式に採用されるまでは不安だったから、素直に嬉しかった。

そして今、ケインは自分に与えられた仕事を全うしようと、リネンのシーツが入ったタライを見つめていた。ケインの後ろには厨房や仕立て部屋など、使用人たちが働く建物が建っている。そこから少し離れた場所にも四角い箱のような建物が並んでいて、そこがケインの寝泊まりする施設になっていた。

王宮の敷地は広大で、裏庭といえども、ケインの住んでいた村がすっぽり入るんじゃないかと思うほど広い。

遠くには木々が並び、森のようになっている。その森を背後に従えるように、大きな楡の木があった。村の丘にも楡の木が生えていたので、なんとなく親しみのある風景だ。

呑気に庭の景観を楽しみながら洗濯をしているケインを、大勢の下働きの人が見つめている。どういうわけか、ケインの仕事ぶりを皆で眺めているのだ。

「みんな暇なのかな。っていうか、やりづらいんだけど……」

ケインの困惑などお構いなしに、数十人の使用人たちがケインの後ろで監視というか、見学をしていた。中にはすぐ側《そば》まで近づいて、タライの中を覗いてくる者までいる。

本来はタライの中に板を立て、石鹸《せっけん》を擦《こす》りつけたシーツを手でゴシゴシ洗うのだが、せっかく魔法を使えるのだからと、ケインは別の方法を使っていた。

固形の石鹸を細かく刻み、水の中で溶かしてからシーツを入れ、魔法で水流を作り、グルグルと回す。電気を使わない洗濯機というところだ。

渦を巻く水流を持続させているのは、タライの底に置いてある水色の魔石だった。魔石は自然から採掘するものと、退治した魔物から獲れるものがあり、火、水、風などの属性を持っており、その魔石に魔力を通すことで、いろいろな用途に使えるのだ。

例えば、王宮の厨房では竈《かまど》に魔石を使い料理をしていた。薪《まき》とは違い、火力が調節できたりする。灯りも蠟燭やランプではなく、光を放つ魔石が電球の役割を果たしていた。これらを使いこなすためには魔力が要り、そのために、ケインたちのような魔力を持つ平民が集められ、働いているのだった。

ちなみに、王族や貴族は膨大な魔力を持っているので、魔石に頼らなくても火も水も風も光も自由に調節できるのだそうだ。ただ、彼らは料理や洗濯などしないので、生活に関わることは、すべてケインたちの仕事である。

そして今、魔石の新しい使い方を編み出したケインがそれを実践し、みんなが見学しているところだ。これなら布も傷まないいし、労力も時間も半減できる。

「あんな方法があったのね。力を使わないから楽だわ。手も荒れないし」

ケインの洗濯の様子を眺めていた使用人の一人が、感心したように言った。

「それは何を入れているの？」

二回目の濯《すす》ぎの途中で、数滴の液体を水の中に入れるケインに、別の人が聞いてくる。

「ビネガーです。これを入れると布が柔らかく仕上がるんですよ。匂いも消えるし、抗菌作

用もあります」

前世で母親が、掃除や洗濯にホワイトビネガーというお酢を使っていた。ここにも似たようなものがあり、ケインは洗濯のために少量分けてもらったのだ。

天然素材に拘《こだわ》る母は、他にも重曹だとか、糠《ぬか》だとか、なるべく化学製品を使わないように気をつけていた。それは母自身が、肌が敏感でかぶれやすく、その体質を弟が受け継いでしまったことが理由だった。

「そんな方法があったのね。洗濯に魔石を使うなんて考えなかったわ」

また別の人が新発見だというようにそう言って、周りも頷いている。ケインに言わせれば、せっかく魔法が使えるのだから、利用したらいいのにと苦笑が漏れる。

もっとも、前世の記憶を取り戻したからこその思いつきなので、洗濯機を知らない今世の人には難しいだろう。

洗濯が終わり、ケインは綺麗《きれい》になったシーツを取り出した。干すのは流石に手作業でやらなければならず、ケインの仕事ぶりを眺めていた人たちが手伝ってくれた。

水を絞ったシーツの四隅を摑《つか》み、掛け声を出しながら何度も波打たせる。こうすると乾いたときに皺《しわ》がなくなり、ピンとした仕上がりになるのだそうだ。そのことをケインは知らなかったので、いい勉強になった。

使用人たちはみんな気さくで、親切な人ばかりだった。王宮に入りたてで、しかも遠くの村から一人でやってきたケインを気遣い、仕事も丁寧に教えてくれる。ここにやってきてまだ六日目だが、みんなのお蔭で随分早くに馴染《なじ》むことができている。フリッツがいろいろと根回しをしてくれたことも功を奏している。彼には感謝しかない。

ここで働く人の数は、圧倒的に女性が多かった。

仕事の内容を考えれば自然なことかもしれないし、男性よりも女性のほうが、魔力が宿りやすいのかもしれない。

そういえば、オーギュスト男爵のところに連れて行かれたとき、女性のほうがよかったというような意味合いのことを言われた。男でも使い道はあるという言葉に引っ掛かったので、よく覚えている。

どちらにしろ、数が少なく、しかも年が若いということもあって、ケインは使用人たちにフリッツと共に可愛がってもらっていた。そこには、二人の容姿が大いに関係している。

フリッツの明るい性格は、表情や動作にも現れていて、クリクリと動く大きな瞳が愛らしい。一方のケインはというと、見た目はフリッツと対照的に黒髪と黒い瞳という地味な色合いだが、この辺りでは珍しいらしく、目を引くみたいだ。華奢《きゃしゃ》な身体つきと男にしては白い肌、フリッツほどではないが、ケインも目は大きく、睫《まつげ》が長い。身体が弱いという触れ込みも手伝い、庇護欲をそそられるようだ。

また、あの呪いのせいで夜には猫に変身してしまうケインだが、猫としての動作が身についてしまっているのか、よく「猫っぽいよね」とか「小動物っぽい」と言われるようになり、そのたびにドキリとしてしまう。言った本人は笑っているので、ケインの正体を分かって言っているのではないが、やはり気が気ではない。自分よりもフリッツのほうがよほど小動物っぽいと思うのだが、他の人の目にはそう映るらしい。行動に注意しなければと、言われるたびに気を引き締めるケインだ。

みんなに手伝ってもらい、シーツを干したあとは、庭師と一緒に落ち葉を掃いて歩いた。

ユースフト王国の北に位置する王都は、ケインが住んでいた村と違い、四季があるようだ。四季というより二季か。村は一年中初夏の陽気だが、王都の今は初秋ぐらいの気候で、少し肌寒いと感じる。だけどこれ以上寒くなることはなく、雪も降ったことがないそうだ。

庭に植えられた木々が赤や黄色に色づき、葉を落としている。

庭師のやり方に倣って、庭を綺麗にしていく。風魔法を使い、落ち葉を集めるのだ。瞬く間に落ち葉が集まり、小山を築き上げていった。それらを今度は別の場所に運んでいく。集めた落ち葉は腐葉土になり、庭の草花のよい肥料へと変わる。

穴に入れた落ち葉を大きなフォーク型の鋤《すき》で掻《か》き回す。フカフカした感触が気持ちいい。

「ここで働く人って、女の人が多いですよね」

腐葉土を作りながらケインが言うと、一緒に作業をしていた庭師が「ああ」と頷いた。彼はここでは少人数にあたる男性だ。

「そりゃあな。魔力のある女は稀少だからな」

「え、そうなんだ」

男女の比率を見て、男のほうが稀少なのかと思ったのだが、どうやら逆らしい。

「ああ。貴族街で働いている連中の中で、男は大概自分から売り込んで働き口を探すが、女は違う」

貴族たちはわざわざ市井まで足を運び、魔力を持つ女性を自ら探し出し、召し抱えているのだという。姉に魔力があれはその妹もそうかもしれないと、まだ生まれてもいないうちから、子が女だったら連れてこいと、予約までするのだそうだ。

そこまでして魔力を持つ女性を取り込もうとするのは何故なのか。働き手としては、両方いたほうが便利だと思う。力仕事はやはり男性のほうが有利だし、逆に女性は細やかな気遣いができるだろう。

それを、わざわざ探し出してまで引き入れるということは、単なる使用人以上の仕事を求められるということではないだろうか。例えば、主の側室とか、大っぴらに言えないお世話だとかいう、特殊な需要が。

「子を産ませるんだよ」

「……あ、やっぱり」

少々下世話な想像を働かせたケインだが、予想は当たっていたらしい。だが、次に庭師が発した言葉に仰天してしまった。

「王族や貴族は子を産まない。平民の女の腹を使って、自分の子を産ませるんだ」

「え……？　どういうこと？」

意味が分からず困惑するケインに、庭師がなんでもないことのように話を続ける。

貴族や王族は、ケインたち平民とは比べものにならないほどの膨大な魔力を持ち、それは特殊な魔石に溜め込まれ、その魔石を身体に内包しているらしい。

また、貴族たちの妊娠は、ケインたちの常識とはまったく違い、内包したその魔石に子の魂が宿るのだそうだ。

「妊娠っつうのもな、俺たちが知っているのとは違うんだ。あの方たちは身体を使うことなく、受胎するんだよ」

「……ちょっとよく分からない」

ケインの言葉に、庭師も苦笑しながら「だよなあ」と同意した。

彼らのいう夫婦の営みとは、魔石を使ってするもので、普通の人間たちが行う、いわゆるセックスというものをせずに済ますのだそうだ。

「平民のやっていることは、野蛮なんだとよ」

吐き捨てるように庭師が言う。

身体を繋《つな》げ、相手の体液をその身に受け容れることは、崇高な者には耐えがたい野蛮な行為なのだという。だから彼らは魔石に溜め込んだ魔力をお互いに融合させることによって、新たな魔石を生み出し、それを再び身体の中に埋め込むのだ。

そして崇高な彼らは、同じ理由で出産を忌み嫌う。出産は出血を伴い、それを他人に見せることも、身体が傷つくことも耐えがたい屈辱なのだそうで、だから代わりの身体を使う。婚姻により新しく生み出された魔石を、まったくの赤の他人の体内に宿し、代理母とする。

高い魔力を持つ彼らだからこそできることであり、そうやって子孫を残してきた。近い魔力同士で融合させたほうが、親和性が高く、それによって、より魔力の高い子ども――魔石ができる。

平民の女性で、しかも魔力を持つ者を集めるのは、そういう理由だったのだ。まったく魔力を持たない者では、体内に魔石を宿すことができないのだろう。だから、貴族たちは積極的に探し出し、自分の屋敷に連れてくるのだ。

「なんだか……凄いね」

「まあ、崇高なお方の考えることだからな。我々平民には分からんよ」

そういった考えが崇高かと問われると、甚《はなは》だ疑問だ。妊娠や出産こそが神聖なことだとケインは思うのだが、貴族はそうではないらしい。

「野蛮な行為って、違うと思うんだけど」

「なあ、あんなにいいもんなのにな。子を作る行為っていうのはよ」

庭師が屈託ない笑顔でケインに同意を求めてきて、ケインは曖昧に笑った。

ショッキングな話を聞かされ茫然《ぼうぜん》としているケインに、庭師が森の近くの落ち葉を運んできてくれと言った。

急ぎ足で森へと向かう。森の入り口にある楡の木を目指して走りながら、今さっき庭師に聞かされた話を反芻《はんすう》する。

ユースフトの貴族たちは、セックスも出産もしないという。何故なら野蛮な行為だから。

では夫婦とは、家族とは、彼らにとってどういうものなのだろう。

セックスがすべてだとは思わないが、恋人や夫婦、家族にとって、スキンシップは凄く大切なものだと思うのだ。ハグやキスはしないのか。欲情が起こったときは、どうするんだろう。崇高な人々だから、理性で抑えることができるのだろうか。

「でも……やっぱり違うよな」

庭師に同意を求められ、セックスの経験がないからどれだけいいものかは分からなくても、それを経験しないまま人生が終わるのは嫌だと足掻《あが》くほどには、いいものじゃないかなと思っている。だからこそ、呪いを解くためにこうして苦労をしているのだ。それを頭から否定されたことには反発せざるを得ない。

「まあ、俺は貴族じゃないから、悩む必要もないか」

庭師の言う通り、貴族様の考えることは分からない。そして少なくとも自分とは考え方が違うのだと結論づけた。

気を取り直して仕事に戻る。目の前にある楡の木は、近くまで行ったら、天辺が見えないぐらい大きかった。紅葉する種類ではないのか、大きく枝を広げ、青々とした葉を茂らせていた。

「暑い日はいい休憩所になりそうだ」

こんもりとした枝振りは大きな木陰を作っていて、陽射《ひざ》しがきついときには涼しそうで、太い幹は寄りかかるのにも案配がいい。

楡の木の真下まで行き、それからその先にある森へと視線を移した。迷子になりそうな深い森だ。迷ったら、この楡の木を目印にしようと見上げたら、大木の真ん中ほどに、金色の何かを見つけた。

幹が大きく分かれ、横に広がったその上に、動物が横たわるようにして座っている。

「え、猫？　いや、大き過ぎる。……うわ」

金色の毛皮に黒い斑点をのせたそれは、よく見ると豹《ひょう》だった。枝の上からじっとこちらを見下ろしている。

ケインは危険を感じて思わず後退《あとしさ》った。

ジリジリと後退しながら木の上にいる豹を見つめる。こういうときに慌てて背中を向けると本能で襲いかかってくると聞いたことがある。だいたい走って逃げたところですぐに追いつかれてしまうだろう。爪で引っ掻かれたら怪我《けが》で済まない。

それにしても、どうしてこんなところに豹がいるのか。冷や汗を流しながら、ケインは逃げることもできずに木の上にいる豹をジッと見つめた。

しばらく睨み合いが続き、不意に豹のほうから視線を外した。大きく欠伸《あくび》をし、前足に頭を乗せて目を閉じる。

「襲う気はないってこと？」

木の上で眠る豹はそこから動かず、のんびりとした風情で目を瞑っている。

ケインは足音を立てないようにゆっくりと楡の木から遠ざかった。豹の首元が光り、首輪をしているのが見える。

「ここで飼われているのか」

少し安心しながら、それでも用心して更に距離をとっていく。飼われているといっても、相手は動物だ。じゃれつかれでもしたら、こっちは大惨事だ。

豹は依然として動かないまま木の上で昼寝を続けている。ケインは豹から目を離さないまま相当な距離まで後退り、それから急いで庭師のいる場所まで走って行った。

「あの、あの……っ、向こうの楡の木の上に……豹が！」

さっきと同じ場所で腐葉土を掻き回している庭師に訴えると、庭師は「ああ」と何事もないような顔をした。

「あの豹は森の奥の離宮にお住まいの方が飼われている。大人しいから危険はないよ」

庭師にそう言われて、ケインは大きな溜め息を吐いた。心臓がまだバクバクといっている。

「そうなんですか。っていうか、先に言ってくださいよ。吃驚して逃げてきちゃいました」

ケインの抗議に、庭師は笑いながら「悪い」と謝った。

「滅多に姿を現さないから忘れていた。ごめんよ。でも大人しいもんだから」

「森の奥に離宮があるんですね。誰が住んでいるんですか？」

ケインの問いに、庭師は首を傾《かし》げ、「さあ」と言った。

「陛下のご兄妹か親類か、その辺じゃないか？　分からないよ」

広大な王宮の中、何処の誰と聞かされても、平民の自分たちには関係のないことで、顔も知らないのだから、偶然会ったところで判別のしようもないからと言われた。

「そうか。そんなもんか」

庭師の言葉に納得して、ケインは今さっき逃げてきた楡の木に視線を向けた。ここからは木の枝で寝ている豹の姿は確認できない。

絶対に危険はないからと庭師に言われ、再び落ち葉を集めに森へと向かう。

楡の木の近くまで行き、恐る恐る見上げると、既に豹の姿はなく、青々とした葉が風に揺れるだけだった。

仕事が終わり、ケインは自分の部屋で休んでいた。約束通り、日が落ちる前には部屋に戻ることを許されている。

与えられた部屋は一人部屋で、木造の簡易ベッドと机、小さなチェストが置いてあった。ガランとした飾り気のない空間だが、秘密を持つケインにとっては、落ち着ける場所だ。

王宮に来て六日が経ち、思っていたよりも早く馴染むことができて、ホッとしている。仕事はそれほど大変でもなく、食事も賄いをもらえる。みんな親切で、楽しいとさえ思える。

あまりにトントン拍子に上手く事が運び、不安になるほどだ。

だけど、ケインはただ単にここへ就職しにきたわけではない。これからが大変なのだ。

「さて、どうするか」

貴族街に入り込むことには成功したが、この先のビジョンがまるで見えていなかった。焦る必要はないが、かといって何もしないでいては、いつまで経っても呪いを解く方法を見つけられない。

ここに来て痛感したのは、ケインぐらいの立場では、貴族の情報を何も得られないということだ。

この六日間、それとなく貴族街に住む人たちの情報を探ってみたが、何も分からなかった。

ここで働く人たちは平民で、王族や貴族とはっきりと区別され、行ける場所も限定されていて、不用意に踏み込めば直ちに捕まってしまう。追い出されるだけならましだが、それだけで済むとは到底思えない。

長年ここで働く庭師でさえ、他の貴族の名前も、王宮の人ですら分からず、それは他の使用人も同じだった。

「やっぱり夜に行動するしかないか」

このままここで情報を集めても、大したものは得られない。それなら危険はあるが、夜に行動を起こすしかないと思った。

ケインは呪いのお蔭で姿を変えられる。下働きの男がウロチョロすれば目立つが、猫ならいろいろな場所に入り込める。

皆が寝静まる時間まで大人しく待ち、真夜中近くになってから、ケインは部屋から抜け出した。

使用人たちが住む宿舎を出て、夜の庭を突っ切り、中央宮殿まで走る。

戦争などのない平和な世界なので、護衛の数は少なかった。それでも入り口付近や、門の側、庭にも巡回している人の姿がちらほらと確認された。

見張りを避けて、暗闇の中を歩いて行く。黒い身体はこういうときにとても便利だ。どんなに走っても肉球は音を立てず、これならスパイの仕事ができるな、なんて楽観的なことを考えた。

大きな建物の壁に沿って歩くが、宮殿はとにかく広くて、ここだけでもすべてを把握するのには何日も掛かると思われた。

宮殿の正面を確認したあとは、今日はこの辺りを徘徊しようと決め、壁伝いに歩いて行く。今日一日で有益な情報を得ようなどとは思っていない。時間を掛けて、まずは王宮、そして貴族の屋敷と、行動範囲を広げていけばいい。

（無理はしないで、少しずつ頭の中に地図を作っていこう）

強力な魔法を使える人が多く住んでいる地域だ。ケインの正体を見破る人だっているかもしれない。猫の姿だからといって油断しないようにしようと改めて気を引き締めた。

二時間ほど徘徊し、今日のところは部屋に戻ることにする。夜中じゅう走り回れば、明日の仕事に差し支える。

宿舎に戻ろうと庭を回っているところで、ふと、森の奥に離宮があったことを思い出した。庭師に聞いても誰が住んでいるのか分からないと言っていた。だけどあそこにはあの豹がいる。

暗闇の中で目を凝らすと、黒い森の手前に、楡の大木が見えた。

（行ってみるか）

どんな人があの豹を飼っているのか、ちょっと覗いてみる気になった。

芝生の上を走り、楡の木を抜け、森を突っ切っていく。

今日は雲も多くて、月明かりが頻繁に途切れたが、ケインの目にははっきりと辺りの景色が映っていた。

深い森は何処までも続き、人の訪れを拒んでいるような気がした。

（やっぱりここ、うちの村より広いよ）

何処まで走っても森が途切れず、今日はもう諦めて引き返そうかと思った頃、木々の隙間から、月明かりとは違う光が見えてきた。

（灯りが点《つ》いている。まだ誰か起きているのか）

灯りに向かって走って行くと、突然森が終わり、屋敷が出現した。それはケインの予想よりもずっと大きく、立派な建物だった。二階建ての白亜の宮殿で、窓の数は二十を超えている。

ケインは離宮に近づき、灯りの点いている窓を見上げた。一階の端の部屋からそれは漏れている。他の窓は真っ暗で、どうやら起きているのはこの部屋の住人一人らしい。

窓の下まで行き、気配を探ってみる。人の影は見えず、窓の側にはいないようだ。

用心しながらそっと窓の枠に飛び乗った。カーテンは閉まっておらず、部屋の様子がよく見えた。

大きさの違うソファがいくつも置かれ、壁には本棚があった。視線を落とすと、窓のすぐ側に大きな机がある。その机の上のランプが灯っていた。他にも部屋の隅にサイドテーブルがあり、そこにもランプが置いてある。天井には魔石のシャンデリアが下がっているが、そっちは暗いままだ。

家具の色はすべて落ち着いた濃茶で、書斎のようだ。ここで調べ物をしたり、書き物をしたりするのだろう。ランダムに置かれたソファは、その時々の気分で読書をする場所を変えるのか、向きもバラバラだ、会議などをするような雰囲気ではなく、本を読みながら寛《くつろ》ぐ空間なのだと予想した。

首を伸ばし、更に中を覗き込む。灯りはあるが、誰もいないようだ。

もしかしたら、昼間見た豹と会えるかと期待したが、姿は見えなかった。これだけ大きな屋敷だ。きっと彼専用の部屋があるのだろう。書斎の様子を見れば、たぶんケインが今住んでいる宿舎よりも、豹の部屋のほうが大きいような気がした。

他の部屋も見てみようかと視線を巡らせていたら、突然扉が開き、ケインは慌てて身を潜めた。誰かが部屋に入ってきたのだ。

心臓をバクバクさせながら窓の下に身を潜め、しばらくして再び首を伸ばし、部屋を覗いた。

部屋の入り口近くのソファに、男の人がいた。一人掛けのソファにゆったりと座り、膝の上には本が広げてある。すぐ近くにはランプの置かれたサイドテーブルがあり、さっきはなかったコーヒーカップが置いてあった。

（ここの主人じゃないのかな。自分で飲み物を運んできた？）

時刻は既に日付が変わっているが、屋敷の主が起きているのに従者が休むはずはない。だ

けどゆったりとソファに身を預けているその佇まいは、とても誰かに仕えている人だとは思えなかった。

　年はケインよりはかなり上で、二十代半ばに見える。ゆっくりとページを捲る指の動きがとても優雅だ。緩くウエーブの掛かった髪は長く、輝くような金髪だった。それを無造作に後ろで一つに束ねている。

　ソファから投げ出した脚が長い。背の高い人なんだろう。本に目を落としているから顔は見えないが、顎のラインや高い鼻を見て、それだけで美しい造形をしていることが分かった。

　顔を上げないかと期待しながら、窓の外からジッと男の人を見つめる。座って本を読んでいるだけなのに、気品がある。やっぱりここの主なんだろうと確信した。ということは、あの豹の飼い主様か。豹も金色の毛並みを持っていた。飼い主に雰囲気が似ている。あの人が豹を連れている姿を想像し、凄く様になると思った。これほど豹が似合う男の人はいないだろうとさえ思う。

　飽きもせずに男性の読書をする姿を眺めていたら、不意に彼が顔を上げた。サイドテーブルにあるカップを持ち上げ、やはり優雅な仕草で唇に運んでいく。ほんの一瞬、表情を垣間見た。男の人の瞳は、目の覚めるようなブルーだった。

　オーギュスト男爵も青の瞳をしていたが、こんなに深い色じゃなかった。それだけで印象がまるで違う。目の前にいる男の人は、冷たい感じはまったくしない。声はどんなだろう。

聞いてみたい。

いろいろなことを想像しながら男の人を眺めていると、突然彼が顔を上げ、窓に視線を寄越した。

バッチリと目が合ったような気がして、ケインは慌てて窓から飛び降りた。

草むらに身を潜めていると、頭上の窓が開く。暗闇に紛れてそっと上を見上げた。男性は森の奥に目を凝らしているようだ。

風が入り込み、結びそこなった金髪の一房がフワリと揺れた。


翌日、ケインは楡の木の下で、昼ご飯を食べていた。

昨夜はあれから部屋に戻り、少しウトウトしただけで朝になってしまい、寝不足だった。

厨房から持ってきたランチを食べながら、昨夜のことを考える。

森の奥にある離宮。あそこに住んでいるあの人は、誰なんだろう。

今朝になって、使用人たちにそれとなく聞いてみたが、誰も知らないと言った。離宮があるのは知っているが、誰が何人住んでいるのかも分からないようだ。もちろん、姿を見た人もいない。

確信はないが、最上に近い高位な立場の人なのではないかとケインは思っていた。あの気品は半端ではない。彼を王様だと言われても、きっと信じてしまうだろう。だけど実際の王様は、もっと高齢だ。

だったら王様の子どもなのか。そうなると王子となるが、それはない。ユースフトの王は、王子が一人いるだけだが、その王子はまだ幼かったはずだ。仮に王子だったとしても、あんな森の奥の離宮に住むものなのだろうか。

あの男の人のことが気になって、なんとなく楡の木まで来てしまったが、今日はあの豹は木の上にいなかった。そういえば滅多に姿を現さないと庭師も言っていたから、昨日のあれが珍しかったんだろう。

ボーッと昨日のあの人のことを考えながら、どうして自分はあんなに彼のことが気になるのかと不思議に思った。

「……まあ、あんな綺麗な人を見たことがないからな」

透き通るようなブルーの瞳に、ゴージャスなブロンド。それらに負けない端整な顔の造りだった。

「あんなの前世でも見たことがないよ」

今夜もう一度あの離宮に行ってみようか。だけど行ってどうするのだと思い直す。ケインの目的は、あくまでオーギュストの消息、もしくは呪いを解く方法を探ることで、あの離宮の男性の素性を調べることではない。

「でも、ゆっくり調べていこうと決めているんだから、別にいいよな。あの人が誰か分かれば、この辺りの地図の一つが埋まるんだから」

なんだか無理やりな言い訳を自分にしているようで、釈然としないが、とにかく今夜もあの離宮に行ってみることに決めた。あの人が誰なのかを突き止めたら、きっとスッキリして次の行動に移せるだろう。

「気になったことは放っておかない方向でいこう。何がヒントになるか分からないんだから」

ここで働けることになったのだって、フリッツとの偶然の出会いだ。何処で転機が訪れるのか分からないのだから、気になったことは、積極的に解明していくことにしよう。

一人で結論づけ、ランチの続きに入る。

今日昼用に持ってきたのは、自分で作ったピザもどきだった。厨房の片隅を借り、小麦粉をもらって自分で練って焼いたのだ。生地を膨らませるために小麦粉に混ぜた天然酵母も自家製だ。

この国の食事は、素材重視というか、美味しくする工夫がない。パンは小麦粉に少しの塩を加えて焼いただけで、カチカチに硬く、スープに浸さないと食べられないのだ。

そのスープも、野菜をお湯で煮て、味付けは塩と胡椒《こしょう》のみ。しかも野菜や肉を茹《ゆ》でた汁を捨て、新しく沸かした湯に再び材料を投入する。

わざわざ出汁《だし》を捨てるような行為だが、家族もケインも疑問に思っていなかった。茹で汁は灰汁《あく》や野菜のカスなんかが浮いていて、汚いという認識だったからだ。出汁のないただのお湯に塩で味付けをする。それがこの国の一般的なスープだ。他の料理もだいたい同じ感じで、味付けがとにかくシンプルだった。

前世の記憶を取り戻すまでは、ケインもそんなものかと思って食べていた。食事は腹を満たすためのもので、味を追求するという発想がなかった。だけど今はこれが非常に辛《つら》い。

「素材は悪くないんだよ。この気候だし、土だって良質なんだから」

採れる野菜は味が濃く、煮ても焼いてもある程度は美味しい。だけどずっと塩だけの味付けでは、物足りなく思ってしまう。

特に前世では、食事に命を懸けているような母の手料理で育ったのだ。あれを思い出してしまったら、今の食生活の貧しさに、涙が出そうだった。

せめてパンだけでももう少し食べやすいようにできたらと思い、前世の記憶を掘り起こし、酵母を作ってみたのだった。

天然酵母の作り方は至ってシンプルで、果物を水と一緒に瓶に入れ、時々振って置いておくだけだ。今回はレーズンを分けてもらったので、それで作った。

前世では、健一が小さい頃、母と一緒に酵母作りと、それを元にパンの元種作りをしたことがある。前世の母は温度管理が大切なのだと言っていた。振って振ってと声援され、小さな手でシャカシャカと瓶を振った記憶がある。瓶の下に沈んでいた果物が数日後には上に浮き、蓋を開けたらポンという破裂音と共に泡が吹き出したのを見たときには、これは魔法だと思ったものだ。

それが転生を果たし、本物の魔法の国に生まれたら、ガチガチのパンが出来上がるのだから、上手くいかないものだと思う。魔法のある国だから、自分で工夫をするということがないのかもしれない。

ぼんやりと過去のことを思い出しながら、懐かしいピザの味を楽しんでいたら、頭上からガサガサという音がした。なんだと思って見上げると、金色の瞳がケインを見下ろしていた。

「……あ、昨日の豹」

いつの間にやってきたのか、枝の上に豹がいた。昨日と同じようにこちらを見つめている。驚いて一旦腰を浮かしたが、大人しいと聞いていたし、実際襲ってくる気配もないので、もう一度座り直した。木の上にいる豹は首を上下に動かし、なんとなく落ち着かない様子だ。

「なんだろう。どうした？」

見つめ合ううちに、豹の喉がグルグルと鳴り出した。そうしながらまた頭を上下させて、それからケインを見つめる。鼻がヒクヒクと動いていた。よく見ると、豹の視線はケインの手元に注がれている。

「あ、これ？　食べたいの？」

どうやら豹はケインが食べているピザに興味があったらしい。

「ピザっていうんだ。匂いが珍しかったかな？」

ケインが作ったピザは、柔らかく焼けた生地の上にトマトと大蒜《にんにく》、玉葱《たまねぎ》を炒めて作ったトマトソースと、牛乳を分離させたカッテージチーズが載っている、マルゲリータもどきだ。

豹は相変わらず鼻をひくつかせ、ケインのピザを見つめている。

「……食べる？　ちょっとしかないけど」

口をつけていない一切れを差し出すと、ケインの言葉を理解したかのように、豹が楡の木から飛び降りて、すぐ側まで寄ってきた。喉から聞こえるグルグル音が大きくなっている。

恐る恐るピザを近づけ、鼻先寸前までいったところで、ハッと気がついて「やっぱり駄目だ」と手を引いた。

「猫にこういうの食べさせちゃ駄目だよね。ごめん、やっぱりあげられないよ」

ケインの声に、豹のグルグルがピタリと止まる。こっちを見つめる金色の瞳が見開かれ、心なしか驚いているような表情に見えた。

「だって、お腹壊したりしたら大変だろ？　チーズにトマト、あ、玉葱も使ってる。オリーブオイルも掛けてあるし、身体に悪いよね？」

言い訳をするケインを見つめる豹は驚愕の表情をしたまま動かない。急いで食べてしまおうと、ピザを口に持っていくと、目の前にいた豹が更に寄ってきた。

「……ちょっと、食べにくい」

自分が食べられてしまうんじゃないかという恐怖が湧いたが、豹の視線はケインの持つピザに釘付けだ。鼻先が当たりそうなほどケインの顔に近づき、ピザから目を離さない。

「……駄目だってば。お腹壊しちゃうよ？」

諭すように言うが、豹のほうも諦められないのか動かない。そのうちまた喉を鳴らし始める。ゴルル、ゴルルという爆音がすぐ耳元で聞こえ、ケインは思わず笑ってしまった。

「……あげたいけど、でも絶対に駄目」

甘えるような仕草に絆《ほだ》されそうになるが、心を鬼にして断った。見ている前で口にするのは酷だと思い、急いでピザを持ってきた籠《かご》に仕舞い、膝に広げていたナプキンを被《かぶ》せて隠した。

「可哀想だけど、あげたらもっと可哀想なことになるからね。ごめんね」

グルル音が止まり、ショックを受けたような顔をしている豹の首には、宝石がはめ込まれた首輪が付いていた。

「凄い首輪だね。この石一つで家が一軒建てられるんじゃないか？」

豹の首に巻かれているそれはV字形をしていて、首輪というよりネックレスのようだった。Vの真ん中に大きな石がはめ込まれており、それよりも少し小さい石が、首の後ろまで並んでいる。

「こんな首輪を付けてもらってるんだから、凄い良い物食べてるんだろ？　高級牛肉とか。駄目だってば」

話し掛けているケインの横で、ピザを隠した籠に鼻を寄せ、まだグルグル言い出した。

「豹って生肉しか食べないんじゃないの？　こういうのを欲しがるって変わってるね。やっぱり王宮にいる動物だから、特別なものをもらってるのかな」

豹がすぐ側にいるのが珍しくて、いろいろと話し掛ける。豹はピザを諦めたのか、その場に座り込み、ケインの顔をじっと見つめた。

「このピザね、俺が考えて作ったんだ。どうしても食べたくて。我ながらすっごい美味しくできたんだ。厨房のみんなも驚いてた」

籠を指さし、豹に向かって自慢するケインだ。

「明日、みんなの分も作るって約束したんだ。昼休みが終わったら、仕込みに入らないといけないいんだよ」

分けてもらった材料が一人分だったので、今日はケインの分しかできなかった。生地の元種は一日以上寝かせないといけない。天然酵母も出来上がるまでに三日以上は掛かるが、こっちはまだいっぱい残っている。

瓶の中で水に沈んだレーズンを見て、何をしているのかと、初めは遠巻きに見ていた厨房の人たちだったが、自分たちの作るパンの倍以上に膨らんだ生地を見たらポカンとしていた。そしてトマトソースを作り、カッテージチーズを載せた辺りで、皆が近づいてきた。パンを焼く窯《かま》に一緒に入れてもらい、出来上がりを目にしたときには、驚愕の表情に変わっていた。

なにしろケインのピザは、他のパンと匂いが違う上、フワフワだったのだ。

「一緒にパンを焼いてみてもいいって言われたから、そっちの分も作らなきゃ」

いつものパン生地にレーズンの天然酵母を使えば、きっと別物のパンが出来上がるはずだ。

「他にも美味しいものを作ってみたいな。スープもさ、ちゃんと出汁をとったらいいと思うんだよ。自家製コンソメって何が入っているんだっけ。ブイヨンとは違うんだよね？」

記憶を総動員して、前世の母の手順を思い出そうとする。コンソメやブイヨン、合わせ出汁など、料理に使う調味料を、母は市販のものを使わず、ほとんど手作りしていた。

「手伝いはよくやったんだよ。小さい頃だったけど」

他にも食べたい料理はたくさんある。

「あとハンバーグ！　……ゼラチンはないよな。代替できるものってなんだろう。まあ、なくてもなんとかなるか。肉を焼いて塩を振るだけよりは、絶対美味いから」

いろいろな料理を、思いついたまま口にするケインの隣で、金色の獣は、ゆったりと寛いでいた。


次の日の夜。ケインは自室のベッドの上で丸くなっていた。早い時間のうちに仮眠を取り、真夜中になってから行動を開始する予定だ。

昨日の夜は、計画していた通りに、森の奥にある離宮に行ったが、あの金髪の人の姿は見つけられなかった。窓は全部閉じていて、中に入ることもできず、豹にも会えなかった。

そして今日は、朝から厨房の人たちと一緒にピザとパン作りに励んだ。出来上がったピザもパンも大好評で、作り方を乞われ、教えてあげた。難しいことは何もしていないから、すぐに覚えられる。これで賄いの質が一つ向上した。今度はコンソメ作りの挑戦がしたいと言ったら、やってみろと言われた。他にも作ってみたいものがあったら、どんどんやってみてくれという。どうやら試用期間の終了を待たずに、ケインの主な仕事場は、厨房に決定しそうだ。フリッツがとても喜んでいた。

昼は出来上がったピザをみんなで食べたから、楡の木のところには行けなかった。明日は豹が好きな肉を持って会いに行ってみようと思う。

(動物なんだから、他はあげちゃ駄目だよね)

ピザに異常な興味を示した豹だったが、やっぱり人間のものを与えるのはやめたほうがいい。それにしても、ピザを食べたがったときの豹は、吃驚したり甘えたり、とても表情豊かだった。

(あの迫力のあるゴロゴロも凄かったな。それもあんな間近で聞かされたんだから。滅多にない体験だ)

虎やライオンは前世の動物園で見たことがあるが、豹は記憶になかった。動物園にいなかったのか、或いは自分があまり興味を持っていなかったから、忘れているのかもしれない。あんなに綺麗な動物だとは思わなかった。それに可愛い。今度また会うことができたら、撫でてみたいと思う。ツヤツヤの毛並みはどんな手触りだろう。

(今日の夜、離宮に行ったらあの豹を探してみよう。なんとか屋敷の中に入れないかな)

小さな隙間さえあれば、潜入は可能だ。猫科同士で言葉は通じないだろうか。牛や馬、犬で試してみたが、全然駄目だった。だけど大きさは違っても、同じ猫科なのだ。もしかしたら会話ができるかもしれない。

仮眠をとろうと思うのに、いろいろと考え事が浮かんで眠りにつけずに焦っていると、ドアがノックされた。続けてすぐに「僕だよ、フリッツ」という声がする。

使用人の使う部屋には鍵が付いておらず、ほどなくしてドアが開き、フリッツが顔を覗かせた。ベッドの上にいるケインを見つけ、部屋に入ってくる。

「ケイン。困ったことになっちゃった」

そう言って黒猫のケインを抱き上げるフリッツは、言葉の通り、とても困ったような顔をしていた。

(どうしたの？　何かあった？)

フリッツに聞くが、「ニャア」という鳴き声しか出ない。

「あのね。コック長がケインを連れてこいって」

「ニャ？」

驚くケインに、フリッツは相変わらず困った顔で眉を下げ、「どうしても連れてこいって言われてさ」と言うのだ。

「さっき厨房に家令長が来て、今すぐピザを作ってほしいんだって」

それは無理だ。今日作ったピザは、使用人たちで全部食べてしまったし、今から仕込みをしても、焼くのは明日まで待たなければならない。

「宮殿で、ピザをご所望の方がいるんだって」

フリッツが言うには、使用人たちが何やら美味しいものを作ったという噂を聞きつけ、それをこっちに持ってこいということだった。

「コック長も無理だって言ったんだけど、ほら、王族の方だろう？　どうしても食べたいからって言われて。それで、なんとかならないかって、ケインを呼んでこいって言われたんだ」

ピザ生地を作る工程は、厨房の人に説明をしたから彼らにも作れるだろう。時間が掛かることも知っているので、今すぐは無理なことも分かっている。だけど命令には逆らえず、弱り切った果てにケインに助けを求めにきたらしい。

（そんなの無理だよ。発酵させないまま焼いたって膨らまないし、代替の案なんて俺にだってない。あったとしても、俺、今猫だし。指導もできないんだから）

「だよねえ」

ケインの言葉は完全な猫語だが、フリッツにも理解できたようだ。

「いったい誰だよ、ピザのことを話したの。お蔭で大迷惑だ」

憤然としてフリッツが文句を言う。ケインもそれには賛同した。それにしても今日の昼のことなのに、情報が早過ぎると思う。使用人たちは王宮のことなど何も知らされていないのに、こっちの情報が筒抜けなのが恐怖だ。

やはり普通の人たちではないのか。或いはスパイでも紛れ込んでいるのか。どちらにしろ、今日厨房でピザが作られたことが知られているのだ。

「フリッツ、ケイン、どうなった？　なんとかならないかな」

二人で悩んでいると、今度はコック長がやってきた。ケインを呼びにいったまま、いつまで経っても戻ってこないことに業を煮やして、ここまで来てしまったらしい。

部屋に現れたコック長の姿に、二人で固まる。「ケインは何処に行った？」と聞かれ、困ってしまい、ケインはフリッツと顔を見合わせた。

「これはもう……、事情を話すしかないかな」

「……ニャア」

二人で頷き合い、覚悟を決める。正直に事情を話すしかないだろう。

「あの、コック長、ケインのことについて、お話があるのですが」

「今か？　話はあとで聞くが、まずはピザのことが先決だ。向こうは待っていらっしゃる。

ピザは無理でも、今までにないものを、何か作ってはもらえないだろうか。ほら、昼間に『コンソメ』とか言っていただろう？　あれはどんなものだ？　ピザは無理でも、満足していただけるものをお出しして、この場を乗り切るしかない」

「そうなんですが、ちょっとそれは無理かと」

「無理と言われてもなんとかするしかないんだよ。で、肝心のケインは何処にいるんだ」

「……ここに」

「いないじゃないか」

「ニャア」

「なんだその猫は。ここは使用人のための部屋だぞ。野良猫か？　それともケインが飼っているのか。そういうのは駄目だぞ」

「いいえ、これ、ケインなんです」

「……こんなときに言う冗談じゃないだろう。とにかくケインを連れてこい」

「コック長。冗談を言っているんじゃないんです。ここにいるこの猫。……これがケインなんです」

狭い部屋で、隠れる場所などないことを承知の上で、ケインを探してあちらこちらに視線を走らせていたコック長が、ケインを見た。

「……は？」

呆《ほう》けたような声を出し、見開いた目がケインを凝視する。

(黙っていてごめんなさい。速やかにここから去りますから、許してください。……フリッツを責めないでください。全部俺が悪いんです)

固まったままケインを見つめるコック長に向け、平身低頭して謝るが、口から出る音は、「ニャアニャァア」という間抜けな鳴き声だけだ。

ケインの必死の訴えを、黙って聞いていたコック長は、やがて大きな溜め息を吐き、「こりゃあ……どうしようもないわ」と言って、ガックリと項垂《うなだ》れた。


同日の夜。フリッツがケインの部屋にやってきてから約一時間後、ケインの部屋に三人の人物が集まっていた。

ケインの事情を知り、ここで働けるように尽力したフリッツ、そしてつい先ほどケインの秘密を知らされたコック長。

そしてもう一人、王宮からの指令を受け、希望を叶えるためにコック長にピザの作製を命じた家令長が、コック長と同じ体勢で、頭を抱えていた。

「夜には猫に変身してしまうだと……？　そんな人間を私は雇ってしまったのか」

家令長は、ここで働く使用人を統括している。雇用から人事の采配まで、すべての決定権を持っているのだ。

その彼が、夜には猫になってしまうなどという胡散臭《うさんくさ》い人物を王宮に雇い入れてしまった。これは家令長にとって、重大な責任問題である。

頭を抱えている家令長の前で、項垂れるフリッツとケイン。身分を偽って王宮に潜り込んだというのと同じことになり、その罪は重大だ。だが、これが明るみに出れば、家令長の責任も問われることとなり、頭を悩ませているところなのだ。

「ピザを作れないということは分かった。代わりになる料理も、……これでは無理だな」

諦めたような顔で、家令長がケインを見る。

はい、すいませんという気持ちを込めて、ケインはフリッツの膝の上に、前足をトン、と置いた、

「すみませんと言っています」

口の利けないケインは、「はい」と「いいえ」ぐらいしか、今は意思表示ができない。だからフリッツに代弁してもらうため、こういう方法を取っていた。

肯定の意思表示を示すときは、前足でフリッツの膝を叩く。否定の意思表示を示すときは、ちょっとだけ爪を出してフリッツの太腿《ふともも》に食い込ませるというやり方だ。

「こうなってしまっては、ケインとフリッツ、君たち二人を解雇するしかない」

「はい。承知しています。……本当にすみませんでした」

ここまで話し合った結果、王族が所望するケインのピザは、どうしても今日中に作ることができず、そのことを正直に言って許してもらうしかないということになった。

ピザの代わりに出せるものもなく、ケインは病弱過ぎて夜にはどうしても働けないことを理由にし、その責任を取って、王宮を去るということになったのだ。当事者のケインは当然、そしてケインの事情を知っていてここへ連れてきたフリッツも同罪だ。コック長に関しては、雇用に携わったわけではなく、また、彼の代わりの者がすぐには見つからないということで、厳しい箝口令《かんこうれい》を敷くことで、現状維持となった。

「それでは事情を話してくる」

家令長が立ち上がり、王族からの要望に沿えないことを説明するため、部屋を出て行った。できないものはどうしようもない。あとは家令長に任せるしかなかった。

「それにしても、猫とはなあ……」

家令長が出ていくのを見送ったあと、コック長がしみじみと言った。ケインの正体を知らされたときは驚き、オロオロとした彼だが、ケインが猫に変身してしまうという事実に関しては、けっこうすんなりと受け容れていた。コック長にしろ家令長にしろ、ケインが猫になってしまうことよりも、そのことを秘密にしていたことに重きを置いているようだ。

「できればもっといろいろな料理法を教えてもらいたかったが」

自分もそうだという思いを込めて、コック長の膝を叩いた。

王宮の厨房は、村とは比べものにならないくらい、食材が豊富で器具も揃《そろ》っている。村にはなかったビネガーもすぐに手に入ったし、天然酵母を作る際のフルーツにしても同じだ。

動物の肉も、鶏や卵はともかく、豚は貴重品で、村では定期的に数頭を解体して、みんなで分けるから、一家族の割り当てはほんの少しだ。だけどここでは大量の肉が毎日のように厨房に運ばれる。

そんな貴重な肉をただ焼いて塩を振るだけというのがもったいなさ過ぎる。これだけの食材があったら、自分ならもっと美味しく料理できるのに。

ちなみに牛は主に乳牛で、食用の牛もいるにはいるが、黒毛和牛のような美味い肉ではない。解体の手間と味が釣り合わず、豚のほうがありがたがられるという世界だった。それだって、前世の知識があったら、ゴムみたいな肉でも美味しく加工することが可能だ。

（ハンバーグ、作りたかった……）

「いたっ！　ケイン、痛いよ。どうしたの？」

ハンバーグのことを考えて、思わず爪を立ててしまい、フリッツが悲鳴を上げた。ごめんの意味を込めて、フリッツの膝を前足で優しく叩く。

「じゃあ、私も行くよ。ケイン、フリッツ、達者で暮らせ。もう少し一緒に働きたかったな」

コック長がそう言い、フリッツとケインの頭の上に手を乗せた。

コック長が出ていき、フリッツと二人になる。

「……荷物纏《まと》めないとね」

そう言いながらもフリッツは動かず、ケインの背中を撫でている。

「いつかはバレると思っていたけど、こんなに早いとは。予想外だった」

それにはケインも同意だ。

原因は分かっている。ケインが作ったピザだ。あれを作ってしまったことで、悪目立ちをしてしまったのだ。

ただ美味しいものが食べたかっただけなのに、たった一日でこの騒ぎだ。悔やんでも悔やみきれない。だけど仕方がない。

城壁の内側にすんなりと入れて、知らないうちに調子に乗ってしまったんだろう。今までが順調過ぎたのだ。

これから計画を練り直し、別の道を模索するしかない。

ただ気掛かりなのは、フリッツと、その両親の店のことだ。これまで貴族街御用達として地位を築いてきたのに、ケインのたった一度の過ちのせいで、その地位が揺らいでしまった。なんとか挽回の機会を作らなければと思う。

「城下に戻ったらさ、あっちで料理屋でもやろうか。父さんたちに相談してみる。ピザの店をやろうよ。きっと評判になる。だってあんな美味しい料理、誰も食べたことがないもの。人がいっぱい来たら、何か情報が入るかもしれないよ」

だけどフリッツは落ち込むこともなく、既に切り替えている。流石商家の息子だ。取りあえずは明日ここを出るために荷造りをしようと話が纏まったところで、再び部屋のドアがノックされた。

ケインの代わりにフリッツがドアを開けると、困惑顔の家令長が立っていた。

「フリッツ、ケイン、おまえたちの解雇の話はなしだ。撤回する」

「え？」

「ニャ？」

思いもよらない言葉に茫然としている二人に向かい、家令長はもう一度強い口調で「解雇はなし。明日からもここで働くように。そして新しい料理を作れ」と、言うのだった。

翌日の朝。ケインは厨房の一角で調理をしていた。新しい料理を開発するため、他の料理人たちとは完全に独立させられ、一人で作業している。

昨夜、ケインの事情を知った家令長は、核心の部分を隠したまま、ご所望に沿うことはできず、その責任をとって料理人を解雇すると報告した。使用人を統括する立場の家令長としては当然の処置で、これで勘弁願いたいと申し出たのだが、返ってきた答えは、現状維持というものだった。

ケインたちを解雇することは許可されず、このまま王宮で働かせるようにとの達しが出たのだ。

どういう理由でそうなったのかをケインたちが知る由もなく、取りあえずは首の皮一枚繋がった状態で、王宮に留まることになったのだった。

厨房のメインの場所では、コック長を筆頭に、いつもの料理人たちが天然酵母を使ったピザとパン作りの仕込みをしていた。時々フリッツが、手伝うことがあったら言ってくれとケインのもとへ来てくれるが、特に今はない。前世の記憶があるとはいえ、ケインはプロの料理人ではなく、記憶を頼りに試行錯誤をしながら再現しなくてはならない。作業の指示も指導もできないからだ。

今、ケインは、ブイヨン作りに挑戦していた。料理の基本は和でも洋でも出汁だ。かつお節も醤油《しょうゆ》もないこの世界では、必然的に洋風の出汁となる。

大きな鍋に玉葱に人参《にんじん》、セロリなどの野菜を入れ、グツグツと煮込む。そこに鶏の骨を入れて、灰汁を取りながらじっくりと煮込んでいけば、洋風の出汁、ブイヨンができるはずだ。

前世の料理番組を流し見しただけなので、詳細は分からない。何をいつ入れるのか、どれくらい煮込むかなどは、試行錯誤していくしかなかった。

だけどこれができれば、料理の幅がぐんと広がるのだけは確かだ。ケインは前世の記憶を総動員して、こまめに灰汁を取りながら、鍋の監視をしていた。

そうしながら、母親がよく作っていた「自家製コンソメ」というものも作っていく。

こっちはブイヨンと同じ材料で、豚肉を使ってみた。材料を細かく刻み、塩胡椒、白ワイン、ビネガーなどの調味料を入れ、オリーブオイルをひいた鉄鍋で水分を飛ばしながら煮詰めていく。

「これくらいかな……」

鉄鍋の中でパサパサの茶色いものが出来上がる。匙《さじ》でひとつまみ分を掬《すく》い取り、舌に乗せてみる。野菜と肉の味が染みた、コンソメの素が出来上がっていた。ほんのりと舌に残る苦味は少々焦げ付いてしまったせいだろう。それに目を瞑れば、いろいろな材料の旨味《うまみ》が混じった、複雑な味に仕上がっている。

「初めてにしては上出来じゃないだろうか。セロリ、もっと入れてもよかったかな」

コンソメの味に近いとは思うが、母が作ったものと比べると、雲泥の差だ。それでも、塩と胡椒とでしか味付けをしない料理にこれが加われば、かなり美味しくなるということは保証できた。

試作品一号ということで、コック長を呼び、味見をしてもらった。作りたてのコンソメの素にお湯を注ぎ、それだけを飲んでもらう。コック長の後ろに、他の料理人たちもついてきた。

濁った茶色のスープを見て、コック長が眉を顰《ひそ》める。見た目の悪さに味を疑ったようだ。

ケインに促され、恐る恐る口をつけるコック長の横顔を、他の調理人たちが固唾《かたず》を呑《の》んで見守っている。

「……これは」

スープを嚥下《えんげ》したコック長が目を見開いた。想像していた味とは違ったのだろう。そしてもう一口含み、味を確かめるように舌で転がしている。

「様々な材料の味がする。何を入れた？」

調理台の上にある材料を見せて説明するケインの声を、コック長が真剣な顔で聞いている。

「ちょっと苦味があるな」

「あ、焦げちゃったんです。それがなかったら、もっと美味しくなっていたと思う」

「そうか。しかしこれでも十分美味いよ。今までに味わったことのない味だ。これはいろいろな料理に応用がきく。ケイン、素晴らしいぞ」

コック長がそう言ってくれて、ケインはホッと胸を撫で下ろした。

「これがコンソメスープというものか。実に味わい深い」

カップに入った茶色の液体を見て、「だが、見た目が悪いな」と、残念そうに言った。

「賄いにする分にはこれで十分だが、王宮の食卓に出すとなると、難しい」

「これは料理の味つけに使えるように作ってみたんです。本物のコンソメスープはこんなじゃないし、すぐにはできません」

本物のコンソメスープはブイヨンに味を足して作るもので、透き通った黄金色《こがねいろ》だ。雑味のない完成されたあの味は、前世の記憶があったって、すぐには作れるものではない。王宮に出すよりも、まずは自分が食べたいがための簡易コンソメの素だ。

「あっちの大鍋のほう、ブイヨンっていうんですけど、あれが完成してから、コンソメになるように段階を踏んで作っていくしかないです。すごく時間が掛かります」

コック長とのやり取りのあいだ、他の料理人がケインの作った簡易コンソメスープを奪い合いながら味見をしていた。口に入れた途端、みんなが目を丸くして、そのあと笑顔になるのが嬉しいと思う。

失敗するのを見越して少ない材料で作ったので、今度は他の人にも手伝ってもらい、改めて大量のコンソメの素を作る工程に入る。さっきの失敗を参考にして、もっと美味しくするためにはどうすればいいかを、みんなで相談しながら調理を進めていく。

午前中いっぱいブイヨンとコンソメの素作りに費やして、昼になった。

ケインは前と同じに自作の弁当を持って、あの楡の木の下に行く。

根元に腰を下ろし、持ってきた弁当を広げると、案の定上からグルグルと音がした。いつもの枝の上に、豹が座っている。

「やっぱり来ると思った。今日は君の分も持ってきたよ」

前回と同じくケインの言葉を理解したように、豹が軽々と地面に降りてきた。ケインは自分のものとは別の包みを開け、豹の前に置く。

「ハンバーグを作ったんだ。君はこっち。生肉だよ」

コンソメの素を作るあいだ、ケインはまたしても新しい料理に挑戦していた。コンソメに使った豚肉の余りをミンチにして、そこに作りたてのコンソメを練り込み、焼いたものだ。ソースは肉汁に、ここにもコンソメを入れて、磨った林檎と玉葱と一緒に炒め合わせた。醤油があれば最高だが、流石にそれは作れない。

どうぞと豹に促して、ケインも食事を続ける。自分で作ったハンバーグを嚙《か》みしめ、「……んー」と歓喜の声を漏らす。

「やっぱり美味いよ。ハンバーグって！　ああー、幸せだあ」

ゼラチンだとかナツメグだとかの、ワンランク上の調味料を使ったわけではないが、肉汁が口の中に広がり、極上の味わいを堪能する。

豹はそんなケインの様子を見て、自分の前に置かれた生肉を一瞥《いちべつ》しただけで、どういうわけか食べないままケインの顔を見つめてくる。

「どうした？　肉、好きだろう？　王宮に出している肉だから、高級なものだよ？　っていうか、いつも何食べてんの？」

王宮に出す料理は、すべてあの厨房で作っている。離宮に出すものも同じはずで、出来たてを、魔法を使って素早く運んでいる。だけど思い出してみれば、豹用に生の肉を出したという記憶がない。

「まさか人と同じ料理を食べているわけじゃないよね？」

豹はケインがあげた生肉にはまったく興味を示さずに、ケインの弁当を覗いてくる。

「こっちは駄目だよ。玉葱とか塩とか、いろいろ入っているんだもの。お腹壊しちゃうよ」

ケインは猫のときでも人間と同じものを食べられるし、食べてもなんともない。オーギュストは魔法で相手の姿を変えることができても、内臓までそっくり猫にすることはできないのだろう。だから猫の姿でも人間の思考のままなのだ。だけど目の前にいる豹は違う。

「玉葱って動物の身体に悪いんだろ？　犬が食べたらへたすると死んじゃうっていうし」

犬と猫とでは消化機能が違うかもしれないが、積極的に食べさせていいものではない。

ケインがそう言って一生懸命説得するのだが、豹はケインの弁当から視線を外さず、こっちがいいと主張する。

「……駄目だってば。君はそっちを食べて」

グルグルと豹の喉が鳴り出す。大きな身体でケインの肩に頭を押しつけてくるから、後ろに倒れそうになった。

「ちょ、倒れるだろう。押さないでよ」

頭を擦りつけながらグイグイと押してきて、ケインは倒れまいと踏ん張る。豹に甘えられるのなんか初めてで、戸惑いながら、だけど嬉しい。

頬ずりをするように擦りつけてくる豹の頭を撫でてみる。その感触は、想像していたよりもずっと滑《なめ》らかで、凄く気持ちがよかった。

豹はケインに撫でられながら、更に甘えた仕草で身体を預けてくる。どうしてもケインのほうの弁当が食べたいらしく、グルル、グルルと喉を鳴らしながら時々ケインの顔を覗き、また頰ずりをする。

「君の飼い主様は、君のことをうんと甘やかしているんだろうな。でも、やっぱり駄目だと思うんだよ。病気になったりしたら、飼い主様が悲しむだろう？」

とても賢い豹だと思う。だから飼い主も自由に外へ出してあげているのだろう。それなのに、外で得体の知れないものを口にして、病気になったり、ましてや死んでしまったりされたらケインが困る。そんなことになったら、あの離宮の主が悲しむじゃないか。

横たわって動かなくなった豹の側で、嘆き悲しんでいる金髪の男性の姿を想像する。そんな目に遭ってほしくはないから、ケインは心を鬼にして豹に言い聞かせた。

「どうしてもあげられないよ。こっちのほうが君にはきっと美味しいから、ね、食べてみて。君のために持ってきたんだよ」

生肉を手に取り、豹の目の前に差し出した。豹はジッとケインの顔を見つめていたが、そのうちふて腐れるようにして寝そべってしまった。

「食べないの？　勿体《もったい》ないなあ」

我《わ》が儘《まま》な豹に溜め息を吐き、でもやっぱり自分のランチはあげられないので放っておくことにした。

望んだものをもらえなかった豹だが、怒って立ち去ることもせず、前足に顎を乗せたまま動かないので、ケインも遠慮なくランチの続きに入る。

「今日はね、コンソメの素っていうのを作ったんだ」

ケインは自分の弁当を食べながら、午前中の出来事を豹に話して聞かせた。

「本物じゃないんだけどね、スープにすると凄く美味しいんだよ。このハンバーグにも入れてあるんだ。ブイヨンから作るほうは、まだまだ時間が掛かりそうだけど」

本物のコンソメスープの味を知っているのはケインしかいない。言葉で説明するのは難しく、長い道のりになりそうだ。

「でも庶民が口にするにはあれで十分なんだけどね。二回目に作ったやつなんか、俺的には完璧だったと思う。王宮に出したたって喜ばれると思うよ?」

色味なんか多少悪くても、見た目だけが綺麗なスープより、あっちのほうが断然美味しい。コック長は料理人魂に火が点いたのか、熱心にブイヨンのほうの鍋を掻き回していた。最初にヒントを与えれば、彼らのほうがプロなのだから、いずれは本物のコンソメスープを完成させてくれるだろう。

「美味しかったんだよな……コンソメスープ」

前世の味を思い出しながら、ウットリと目を閉じる。あれに玉葱やじゃがいも、大きく切った豚肉を入れてシチューにしたら、さぞや美味しいだろう。

ハンバーグを味わいながら、コンソメに思いを馳せているケインの隣では、豹が未だにふて腐れたようにして、寝そべっていた。


その日の夜、ケインは再び猫の姿で自室のベッドの上にいた。今日の外出はどうしようかと悩んでいるところだ。

昨夜は突然コック長や家令長がやってきて、ケインの秘密を知られてしまった。その上解雇騒ぎに発展し、大変な思いをしたのだ。今日は今日とて一日コンソメ作りに振り回された。あれからコック長はケインに纏わり付き、他にできる料理はないかと、うるさく聞いてくるから疲れてしまった。

（そんなに矢継ぎ早にいろいろできないよ。完全に再現できるわけじゃないんだから）

あれが食べたいと思っても、自然にレシピが浮かんでくるわけではない。ほとんどがうろ覚えの記憶の中、必死に思い出しながら試行錯誤をしているのだ。

（今日は疲れちゃったから、夜の巡回はお休みするかな……）

解雇を免れたこともあり、今日ぐらいは部屋でのんびりとしていようかと、ベッドの上で丸くなっていると、いきなり部屋のドアが開いた。ノックもなく突然やってきた訪問者に驚いて、ケインはベッドの上で飛び上がる。

「……なんだ。誰もいないではないか」

低い声が響き、訪問者が部屋の中を見回す。長い髪を後ろで一つに束ねた長身の男が立っていた。

(なに？　なんで？)

わけが分からず、ケインはベッドの上で無遠慮な訪問者の姿を見つめる。目の前に現れたのは、森の奥の離宮に住む、あの人だった。金色の髪と青い瞳を持つあの男が、ケインの部屋にいるのだ。

「望みがあったのだが、いないのでは話にならないではないか。何処へ行ったのだ」

誰もいないと理解しながら、尚も部屋の中を見渡している。部屋を間違えたのか。しかし、王族が使用人の宿舎になど来るものだろうか。

困惑と疑問で身体が固まってしまい、ケインはベッドの上から動けない。

男の視線がそんなケインに留まる。ツカツカと歩み寄り、むんずと首の後ろを掴まれ、持ち上げられる。

「ニギャ……ッ」

痛みはないが、突然の行動に驚いてしまい悲鳴が上がった。男がケインの顔を覗く。あり得ないほどの至近距離だ。

「あの者の猫か？　飼い主は何処へ行った。身体が弱いと聞いたが、こんな夜更けに外出しているのか」

その言葉を聞いて、この男性が部屋違いではなく、ケインを訪ねてきたことを理解した。だけど理由が分からない。ケインのほうでは一方的にこの人を知っているけれど、二人に面識はないはずだ。

首の後ろを摑んだまま、男がもう片方の手でケインを掬い上げる。スッポリと腕の中に収まって、男に抱かれる。

「すぐには戻ってこないのか？　……弱ったな。長居はできないのだが」

ケインに本当に用事があるらしく、猫のケインを抱きながら、男が困った声を出した。用事の内容には見当もつかないが、彼の困っている様子に、なんとかできないかと、ケインはその青い瞳を見上げた。

使用人用の、お世辞にも綺麗とは言えない部屋の中にいる男は、まるで場違いだ。豪奢《ごうしゃ》な衣装を身に纏い、首元には宝石を付けた首飾りを巻いている。目の色と同じ青い着物は絹なのか、とても手触りがいい。背筋を伸ばした立ち姿は凜《りん》としていて、書斎を覗き見たときと変わらず、とても優雅だった。そんな姿のままケインの部屋に佇んでいる。掃きだめに鶴とはこのことだなと、前世の言葉を引用しながら、男の美しい顔を眺め続ける。

ケインに見つめられた男は、フッと頰を和らげた。綺麗過ぎて無機質な印象が、その途端

に血が通い、優しいものに変化した。

「おまえの主に頼みがあったのだ」

優しい笑顔のまま、男がケインに話し掛ける。

「『コンソメスープ』というものを食してみたいと思ったのだ。おまえの主が開発したのだろう？」

男の言葉に、ケインは大きく目を見開いた。

「今夜の食卓に出てくるだろうと期待していたのに、なかったのだ。どうしてだ？」

男はガッカリしたように眉を下げ、ケインに問い掛ける。

あのコンソメの素は、スープにして王宮に出せるような代物ではないため、賄い用となっている。ピザとハンバーグは今日のメインとして出したのだが、何処かでコンソメのことを聞きつけた彼は、今夜それが食卓にのぼらなかったことが不満だったようだ。

「家令長に命じると事が大きくなるからな。辞めさせてしまっては、料理が食べられなくなるではないか」

なあ、と同意を求められ、ああ、昨日、ピザを出せと言って家令長やコック長を走らせたのはこの人だったのかと合点した。

「だから直接会いに来たのだが、本人がいないとは」

まったく何処へ行ったのだと、ケインを抱いたまま、男が憤然としている。

「宮殿の者に見つかれば、面倒なことになるのだぞ？　困ったものだ」

それならこんなところに乗り込んで来なければいいのに、我慢できずにお忍びでやってきたらしい。綺麗な顔をしているのに、とんだ食いしん坊だと思う。

「どうしても飲みたいのだが」

そんなことを今言われても困る。

ケインを抱いたまま、男はしばらく部屋の中で待っていたが、やがて大きな溜め息を吐き、ケインをベッドの上に置いた。

「時間切れのようだ。明日は出してもらうようにきつく命じることにする」

そう言われても、未完成のものを王族の御前に出すことを、コック長も家令長も承諾するかというと、難しいところだと思う。それでもきっとこの方は昨日のようにどうしても食したいと頑なに命じ、下の者を困らせるんだろうなと思った。

ケインのそんな心情も知らず、男は輝くような笑顔を作り、ケインの頭をそっと撫でた。

「明日、楽しみにしていよう」

我が儘で食いしん坊な離宮の主は、そう言って極上の笑みを浮かべ、長い指でケインの喉を撫でてくれた。

「ミネストローネ、オニオングラタンスープ、ホワイトシチュー……あとは何があるかなあ」

楡の木の下で、ケインは指を折りながらスープの種類を数えていた。

ケインのすぐ側では、豹が寛いでいた。後ろ足を投げ出した横座りのような体勢で、ケインがランチをするのを眺めている。

今日の弁当のメニューは、極薄に切った豚肉で野菜を巻き、焼いたものだ。人参とアスパラ、キノコや葉野菜などを肉で巻いたものを焼き付け、ソースを掛けて食べる。他にも簡単なサンドイッチを作ってきた。これは天然酵母で焼いた柔らかいパンに、やはり自家製のマヨネーズを塗り、レタスとトマト、スクランブルエッグを挟んだものだ。

マヨネーズはビネガーとオイルと卵黄に塩胡椒をして、乳化するまでひたすら攪拌《かくはん》して作るのだが、味見をした料理人たちの間では、賛否両論だった。ケインにとってはお馴染みの味でも、初めて食べた人には酸味が強過ぎるようだ。でもこれは中毒性のあるものだから、食べ慣れてきたら、そのうちこの世界でもマヨラーが誕生するだろうと思っている。

豹はケインの弁当をチラリと見て、羨《うらや》ましそうな顔をしたが、「駄目だよ」と叱ったら、やっぱりふて腐れたようにして、デン、とケインの横に座り込む。

お裾分けをもらえないのを分かっていて、わざわざやってくるのが可笑《おか》しいが、ケインに懐いてくれたのかと思えば、嬉しいものだ。悲しそうな仕草をされれば、食べられないものを見せびらかしているようで後ろめたいが、ケインのほうでも豹には会いたいから、こうやって弁当を持って来てしまうのだ。

「それにしてもさ、上からの突然の命令って、あれ、どうにかならないかな」

今朝、ケインが厨房に顔を出すと、案の定コック長と家令長が言い合いをしていた。

王宮からコンソメスープを強くご所望されたということで、家令長は今晩のメニューにそれを加えるように言い、コック長が却下したのだった。

家令長としては、主の命は絶対で、なんとしても叶えなければならず、だけどコック長は自信のないものは出せないと言い張っていた。

「コンソメスープはまだ王宮に出せるレベルじゃないんだよなあ」

今日も引き続きコンソメスープの試作をしているが、そう簡単には進んでいない。ブイヨンのほうは、いうなれば出汁なので、そこまで失敗という味にはならない。そこからコンソメスープにしようと思うと、これが難しいのだ。

「それだけ奥が深いんだよ、コンソメスープって」

だからブイヨンをベースにした別の種類のスープを出すことを提案したのだ。だけどたぶん、純粋なコンソメスープを飲んでみたい依頼主が、また難癖をつけてくるだろうと思われる。「これはコンソメスープか」と聞かれたら、違うと言うほかないのだから。そうしたら絶対コンソメスープを持ってこいと命じるに違いない。

何故なら昨夜のあの離宮の主に、コンソメスープに対する並々ならぬ執着が感じられたからだ。

「美味しいものを食べたいっていう気持ちは分かるよ？　俺だってそうだし。でも性急過ぎるんだよ」

飼い主様への文句を、ペットに愚痴る。豹は一瞬ケインの顔を見上げ、それから前足に顎を乗せて寝たふりをする。

「俺たちが賄いで食べているようなものをお出しするわけにはいかないんだよ。『不敬だ！』って、罰せられるかもしれないだろう？」

昨夜ケインの部屋を訪れたあの人は、そんな恐ろしい人には見えなかったが、本当はどうなのかは分からない。

「俺たち平民にとって王族は、絶対に逆らっちゃいけない、恐ろしい存在なんだよ」

男爵のオーギュストにでさえ、ちょっと要望を口にしただけで、ケインは呪いを掛けられ、こんな身体にさせられてしまったのだ。ましてや今の相手は王族だ。機嫌を損ねられたら、次にはどんな目に遭わされるか分からない。

「気長にお待ちいただけると有り難いんだけどな。君、ご主人様に言っといてくれる？　無理か。豹だもんな！」

自分でオチをつけて笑っているケインを豹は無表情のまま見つめ、フウ、と溜め息を吐く。

「だいたい王族ってさ、いったいなんの仕事をしているんだろう。結界を張って、魔物から領地を守って、でもそれだけじゃないか。それで自分たちだけ贅沢して、その上我が儘を言って俺たちを苦しめる。小麦も野菜も肉だって、みんな俺たち平民が作っているんだぞ。それもほとんど取り上げられるし」

王族や貴族に対する不満を、告げ口される心配のない相手に向かって、これ幸いと言い募る。

前世の記憶を取り戻す前までは、不満はあっても、疑問を持つことはなかった。貴族とはそういうもの、魔物から守ってもらって有り難いと、そう思っていた。

「国を治めるって、そういうことじゃないと思うんだよな。特権があるんなら、それ相応に働いてもらいたいと思うよ？」

ノブレスオブリージュ。

前世で習った言葉だ。

あちらの世界では、王室や貴族は、外交に寄付や奉仕活動など、国のためにいろいろと働いていた。身分のある人にはそれ相応の責任があり、彼らの存在自体が公のものとして認識される。テレビで何処かの王子が「プライベートの訪問です」などと報道されているのを見て、プライベートなのにニュースになるのかと、自分は気楽な一般人でよかったなんて思ったものだ。

「『高貴なる者の義務』っていうんだったかな。権力のある人は、それに相応《ふさわ》しい振る舞いをしなければならないとか、そんな感じ。……難しいよね」

豹を相手に何を言っているのかと、苦笑しながら文句はとまらない。

「料理のことだってさ、命令するだけ命令して、感想も言わないんだもんな。ピザやハンバーグは気に入ってもらえたんだろうか」

一番は自分が美味しいものを食べたかったから始めた料理だが、他人が食べて喜んでもらえたら、それは嬉しいものだ。

厨房の人たちの、食べた瞬間の吃驚した顔と、そのあとの笑顔を見れば、頑張った甲斐《かい》があると思う。ああいう顔をしてくれるから、じゃあ次にはもっと喜んでもらいたいと、ケインだって力が入るのだ。

「君のご主人様も喜んでくれてたらいいな。食べているときの顔は見られなくても、せめて『美味しかった』の一言でも伝えてくれたらいいのにね。コック長だって凄く喜ぶと思うよ？ 俺だって嬉しい」

誰かのために何かをすれば、何某かの反応がほしいと思うのは自然なことだ。それが感謝だったり、お褒めの言葉だったりすれば、次にはもっと喜んでもらおうと、努力ができる。

「一方通行は虚《むな》しいよね。……ああ、俺もおんなじか」

前世の母を思い出した。食事を出すとき、食べている自分たちの顔を、母はじっと見つめていた。新メニューのときなんか、何度も感想を求められたっけ。

感謝の気持ちはもちろんあったし、実際「美味いよ」と言葉も掛けた。でも、そう言っておけば機嫌がいいからという、おざなりな気持ちだったのは否めない。

もっとちゃんと言っておけばよかった。小さい頃は素直に喜んでいたのに、いつしか面倒だとか、恰好《かっこう》が悪いとか、そんな風に思うようになってしまっていた。

「いつでも言えるから、……なんて、思ってちゃ駄目だったんだよな」

トン、と膝の上に軽い衝撃がきて、ぼんやりしていたケインはハッとして目を向ける。豹の前足がケインの膝の上に乗っていた。豹が見上げてくる。大丈夫か？　と心配しているような表情に、ケインは微笑《ほほえ》んだ。

「昔のことを思い出しちゃった。もう会えない人がいてね、あれからどうしたかなって思って」

説明をしながら、自分を気遣ってくれているような豹の頭をそっと撫でる。滑らかな毛皮が心地好い。顎の下を撫でてやると、グルグルと喉を鳴らし始める。

一噛みされただけでも致命傷を負わされかねない獰猛《どうもう》な獣なのに、恐怖は微塵《みじん》も感じない。弁当を食べながら一緒に寛いで、話を聞いてもらい、こうして触れ合っている。表情豊かな豹はとても可愛らしく、ケインの言葉をすべて理解しているような錯覚さえ覚える。

「君は優しいね。それにうんと綺麗だ。ご主人様も綺麗な人だもんね」

食いしん坊で、己の欲求に忠実な人だけれど。

「俺、あんな綺麗な人、今まで見たことないよ」

ケインの言葉に、豹のグルグルが止まり、何故か驚いたような顔をされた。本当に人の言葉が分かっているみたいで可笑しい。

「なんで驚いてんの？　ああ、俺がご主人様の顔をどうして知ってるのかって？」

ケインは自分の唇に人差し指を立てて笑う。

「昨夜、君のご主人様、俺の部屋に来たんだよ。『コンソメスープが飲みたい』ってね。向こうは知らないけど、俺、実はあのとき見てたんだ。内緒でね」

それ以前にも、あの離宮まで行って窓からそっと覗き見た。本を読んでいる姿がとても綺麗だった。ケインは猫の姿だったから、もちろん向こうは知らない。そんなことが知れたら、今度こそ解雇されてしまうだろう。

「名前、なんていうのかな。教えてくださいなんて本人に言ったら、それこそ処罰されちゃうね。でも知りたいんだ」

まあ、名前を知ったところで、会うことなんかないんだろうけどねと、豹の頭を撫でながら笑う。

「君の名前も知りたいよ。俺はケインっていうんだ」

なんでも分かっているような顔をしている豹に、改めて自己紹介をしてみる。豹はケインの顔を見上げ、ゆっくりと瞬《まばた》きをした。

利口な獣の頭を撫で、ケインは「これからもよろしくな」と、新しくできた友人に、笑顔を向けた。

　その日の夜、ケインは再び真夜中の探索のためにベッドで仮眠を取っていた。

（宮殿だけでどれだけかかるか分からないな。やっぱり王宮は後回しにして、貴族街のほうを先にしたほうがいいだろうか）

　寝静まった宮殿の中をいくら歩き回っても、人の話し声も聞こえず、なんの収穫も得られない。いっそ外へ出たほうがいいだろうかと悩み始めたところだった。

　作戦の変更を考えていたそのとき、昨日と同じように部屋のドアが開き、ケインはベッドの上で目を開ける。

　部屋の入り口には、昨夜も訪ねてきたあの男性が立っていた。

「……なんだ。また不在なのか？」

　ツカツカと中に入り、狭い部屋を男が隈無《くまな》く見回す。ベッドの上にいるケインを見下ろし、首を傾げている。

「おまえの飼い主は、夜に徘徊する癖でもあるのか？　どうして今夜もいないのだ。まさかよからぬ趣味を持っているのではあるまいな」

　徘徊はしているが、趣味や癖ではない。それに今はちゃんとここにいる。だけど男にはケインの姿が見えないので「仕方のない男だ」と、呆《あき》れた声を出している。

それにしても、二晩にも亘《わた》って使用人の部屋を訪ねてくる男に、そこまでしてコンソメスープが飲みたいのかと、こちらも呆れてしまう。

（高貴なお立場の方だろうに、フットワークが軽過ぎませんか？　どんだけコンソメスープが飲みたいんだよ）

ケインが話し掛けている横で、男がベッドのシーツを捲ったり、テーブルの下を覗いてみたり、チェストの引き出しに手を掛け、「……まさかこんなところにはいないな」と、開けないまま呟いたりしている。

窓を開けて外を確かめ、それからまた部屋の中を、ケインを探して歩いている。

「何処だ。何処から私の姿を見たのだ。外では会うはずがないのに」

そう言ってしばし考え込んだあと、来たときと同じようにして、いきなり部屋を出て行った。

嵐のような登退場に呆気《あっけ》に取られていると、ほどなくして男が再び戻ってきた。今度は窓辺にある机に向かい、何かを書き始める。一度出ていったのは、紙とペンを入手するためだったようだ。

しばらく何かを書きつけていた男が「これでいいか」と言い、立ち上がった。もう一度部屋の中を見回し、ずっとベッドの上にいるケインを抱き上げた。

「今日もおまえの飼い主とは直接会えなかった。せっかく料理の感想を聞かせようと思ったのだが」

そう言って男はケインを抱いたまま、昨日のようにしばらく部屋に佇み、ケインの帰りを待っているようだ。

「手紙を残してみたが、……ああ、文字は読めないかもしれないな」

（読めますよ。感想を書いてくれたんだ？）

話し掛けるが、もちろんケインの口から人間の言葉が出るわけではなく、「グルニャン」という音しか出ない。喉が勝手にゴロゴロと鳴り、我ながら機嫌の好い声だと思った。

「今日の食事も非常に美味しかった。……特にあのプリンというフルフルの、あれは菓子なのだろうか。初めての食感だった。あれはいい。とてもいい」

彼が満面の笑みを湛《たた》え、ケインの頭から背中、尻尾の先まで撫で回すので、ますますケインの喉が鳴る。

弟のテオに撫でられても、フリッツにギュッとされても、ここまで気持ちよくはなかった。猫の喜ぶツボを知り尽くしているかのような手管《てくだ》に、蕩《とろ》けそうになってしまう。

（なんだろうこの感覚。……やっぱりイケメンだからか？　テクニシャン過ぎてもう……）

男の腕の中で身体をくねらせ、お腹《なか》を晒《さら》し、ここも撫でてとねだったら、男が心得たように撫でてくれた。

「やはり本人、ケインといったか。あの者と直接言葉を交わさねばなるまい。頻繁に外出をせぬようにとよく言っておいてくれ。……猫だから無理か」

ケインのお腹を撫で擦りながら、男が悪戯《いたずら》っぽい笑みを浮かべる。

（え？　待って、待って。なんで俺の名前を知ってるの？）

ケインは驚いた。王族が下働きの、しかもなんの役職にも付いていない新人の名を知ることなんてあり得ない。

男はそんなケインの気持ちに気づきもせずに、昨日と同じように、人差し指の背で、ケインの喉元を撫でている。

「では、明日の晩餐《ばんさん》も楽しみにしていよう。明日こそはきちんと会えるといいな」

男が出ていき、ケインは茫然と彼の背中を見送った。彼が去ったあと、ケインは窓辺の机に飛び乗り、男が残していったものを確かめる。

そこには、今日の晩餐に対する感想が認《したた》めてあった。

今日のメニューはミネストローネスープと、鶏肉にハーブと塩をすり込んだソテー、マヨネーズで作ったポテトサラダ。それからデザートにプリンを出したのだ。鶏のソテーはケインが事前に指南し、コック長と料理人たちが仕上げた。ハーブと一緒にオリーブオイルでコーティングしたから、いつものただ焼いただけのものより香り高く、しっとりとした出来映えのはずだ。ポテトサラダはきっと初めて食べる味だろう。プリンはコンソメスープが出せなかったお詫びのつもりだ。

男が残した紙には、それらのメニューについて、詳細な感想が書かれてあった。どれも美味しく、特にポテトのサラダが不思議な味だが気に入ったと書いてある。それからプリンに対しては、恋文かと思うほどの賛美が並べ立ててあった。よほどお気に召したらしい。

そして、文の最後には署名があった。「リヒトール・シューゼンバッハ」。それが彼の名前のようだ。

（リヒトールっていうんだ、あの人の名前）

ユースフト王国の現国王の名は、レオンハルト・シューゼンバッハだ。これで彼が間違いなく王族であることが判明した。

（国王とはどんな関係なんだろう。甥《おい》とか、従兄弟《いとこ》の子とかかな。息子ってことはないし）

紙に綴《つづ》られた文字は丁寧で美しく、ここにも気品があり、彼の身分の高さが感じられる。

じっくりとリヒトールが綴った文字を眺めながら、ふと、ケインはある違和感に気がついた。

そんな高貴な方から手紙をもらうなんて、大変名誉なことだ。しかも彼は、直接ケインに料理の感想を届けようと、わざわざこんなところまで来てくれたのだ。普通ではあり得ないことだと思うと同時に、何故リヒトールはそんなことを思いついたのだろうかという疑問が湧いた。

（なんで急に？　感想をもらえるのは嬉しいけどさ。でも、それって……）

作ったからには感想がほしいと思っていた。だけどそんなことを王族に対して言えるはずもないし、実際ケインは誰にも言っていない。

（……いや、言った。言ったけど。でもあれは……）

部屋には猫しかいないと分かっているのに、リヒトールは何故かしつこくケインを探していた。「何処から見たのか」と、まるでケインに見られたことを確信したようなことを言っていた。

そして知るはずもないケインの名前を知っていた。

どれもこれも心当たりはある。確かに自分はそのことを口にしていたのだ。

（まさかだよね。そんなのあり得ない……ことは、ないのか？）

ケインは猫になる呪いを掛けられ、人間なのに夜には猫の姿に変わってしまう。信じられないことだが、そういう魔法が実際にあることを、ケインは身を以て知っているのだ。

そして、呪いを掛けられたのは自分だけとは限らないのだということに思い至り、ケインは愕然とする。

（嘘だろ？　だってあの人……リヒトールって王族だろう？　そんなことってあるのか？）

分からない。

分からないことは、確かめないと。

ケインはメモの置いてある机から下り、自分の部屋から飛び出した。

森の中を全速力で走る。今日は雲に遮られることなく満月が辺りを照らし、外は昼間のように明るかった。

三度目の訪問となると慣れたもので、ケインはそう時間を掛けることなく森の外れの離宮に辿り着いた。時間がそんなに遅くないこともあり、窓の明かりが複数点いている。

ケインは真っ先に書斎の窓に行ってみた。窓枠に飛び乗り、そっと中を覗く。

窓のすぐ近くにあるデスクにリヒトールの姿があった。ランプの下、重ねられた書類に目を落とし、何やら書き物をしている。

リヒトールがケインの部屋を出てからすぐに全力で駆けてきたので、もしかしたら追い越してしまったかもと思ったが、彼は何事もなくそこにいた。きっと魔法を使ったんだろう。瞬間移動か空を駆けるとか、それとも足の速い何かに変身したか。

書斎の窓には薄いカーテンが掛かっていて、隙間から彼を眺める。机に向かう表情は真剣で、やはり見惚《みと》れるほど綺麗だ。

ケインの視線に気づいたかのように、リヒトールが不意に顔を上げた。窓辺に佇むケインを見つけた青い瞳が、大きく見開かれる。

立ち上がり、窓が開かれた。

「おまえはケインの猫か？　どうしたのだ」

迎え入れるように広げられた腕の中に、ケインはそのまま飛び込んだ。

「ついてきたのか？　いや、そんなはずはないな」

驚いた顔で目を覗かれて、ケインはウニャン、と鳴いた。

「もしかして、ケインが戻ってきたことを知らせに来てくれたのか？　しかし、そう何度も屋敷を抜け出せない」

残念そうに言いながら、ケインを抱いたままリヒトールが部屋の中程にあるソファに座る。ケインを膝に乗せて見下ろしてくる彼は、今日も綺麗な青い服を着て、その首元には宝石をちりばめたネックレスをしていた。よく見れば、昼間楡の木で出会うあの豹と、まったく同じ形をしている。

「隠遁《いんとん》の術を使って忍び込むのは造作もないが、頻繁にここを留守にするのは都合が悪いのだ。見咎《みとが》められれば言い訳ができぬ」

ケインの背中を撫でながら、リヒトールが誰にも言わずにケインの部屋に行ったことを告白する。それはけっこう危険な行為のようだ。

「手紙は読んでくれたのだろうか。直接言葉で伝えたいのだが。あのプリンは美味だった」

リヒトールが甘美な思い出に浸るようにウットリと目を閉じる。

「……桶《おけ》いっぱいのプリンを食したい」

（いや、それはいくらなんでも食べ過ぎでしょう）

こっちの世界では砂糖がまだ稀少だ。甘いものといえばフルーツか蜂蜜が主で、それすら平民の口に入ることは少ない。蜂蜜でもプリンは作れるが、せっかくだからとコック長に許可をもらい、砂糖を使ったのだ。王宮の厨房にはけっこうな量の砂糖が保管されているが、無尽蔵に使えるほどではない。

「ああ、昼間も特に豹の体調を気遣わなくてもよいと、あの手紙に書いておけばよかったな。いや、それはできないか。……私が昼間はあの豹の姿だと知られてしまう懸念がある」

——やっぱりそうだった。

リヒトールの言葉を聞き、ケインは確信した。

昼間楡の木の下で会っている豹。あれはリヒトールが変身した姿なのだ。

(俺と同じだ。俺も夜にはこの姿になっちゃうんだ)

懸命に語りかけるが、リヒトールには伝わらず、昼間のケインの仕打ちについて語り始めた。

「目の前に翳されたピザを取り上げられたときには愕然としたのだぞ。それからハンバーグ……。泣いてしまうかと思った」

本当の豹だと思い、身体を気遣って禁止にしたケインの所業を、「おまえの飼い主は酷《ひど》い」と、本人に向かい恨み言を言っている。

「コンソメスープはいつ頃完成するのだろう。飼い主に叱られてしまったからな。期待しながら待つとしよう」

そういえば、本人と知らないまま随分と辛辣《しんらつ》なことを言ってしまったような気がすると、ケインは黒い身体を青くした。

王族や貴族の悪口を散々言ったような気がする。気がするではなくて、確かに言った。我が儘だとか、横暴だとか、贅沢三昧で義務も果たしていないとか、今思えば打ち首ものの暴言だったたと後悔する。

「しかし、おまえの飼い主は随分と変わったことを考えているのだな。高貴なる者の義務か」

リヒトールの声音が変わり、ケインはビクリと身体を震わせた。

「……あれにはだいぶ考えさせられた。平民は、そのような目で我々を見ているということなのだな」

(そうじゃない。あれは俺個人の意見であって、それも別の世界の考え方なんです。まさか豹があなただなんて思わなかったから、つい口にしちゃっただけなんです)

突然叫ぶように鳴きだしたケインに、リヒトールは「どうした？」と言ってケインの背中を宥《なだ》めるように優しく撫でた。

「怯えているのか？　怖くはないぞ？　そういえば、平民は我々を恐れていると言っていたな。平民の気持ちなど……まったく考えに及ばなかった」

上から落ちてくる静かな声に、ケインは恐る恐る、自分を膝に乗せている人を仰ぎ見た。

ケインを見つめる青い瞳は、澄んだ柔らかい光を放っていて、怒っていないように見える。

「高貴なる者の義務というものが、私にはよく分からない。……だが」

衝撃を受けたと、リヒトールが言う。

「いろいろな書物を読んだが、そのような言葉は何処にもない。王族の義務など、教師にも教わらなかったぞ。いったいあの者は、どのようにして知識を得たのだろうか。とても興味深い」

本棚にある書籍を見回しながら、リヒトールが言った。

「料理にしても、今までにない味わいを私に届けてくれた」

そう言って、リヒトールは目を閉じ「……プリン」と呟く。

結局そこに行き着くのかと、ケインは冷めた目でリヒトールを見つめる。恍惚《こうこつ》とした表情が無駄に綺麗で、目を奪われてしまうのが卑怯だと思う。

「あの者と話をしてみたいのだ。そう思って危険を冒してまであの場所に出向いたのだが、一向に会えない。おまえの飼い主はいったい何処へ行っているのだ」

咎めるような声に、ケインは耳を畳んですみませんと心で謝った。シュンとしてしまったケインの喉元を擽《くすぐ》り、「なに、おまえを責めているのではないのだよ」と慰められた。

「明日の夜にはきっと会えるだろう。なにしろ昼間のうちは、私の姿があれなのでな、会話をすることもできぬ」

それを聞いて、リヒトールが豹に変わってしまうのが、彼の意思ではないということが分かった。

「明日のおまえの飼い主のランチは何かな？　食べさせてはもらえないのが残念だが、見るのも楽しみなのだ」

リヒトールが心底楽しそうな声で言った。

自分もリヒトールともっと話してみたい。初めて彼を見たときに感じたように、恐ろしい人ではないという直感が当たっていたことを嬉しく思った。

あのオーギュスト男爵のように、ケインの言葉を頭から否定し、平民の分際でなどと見下さずに、耳を傾けようとしてくれる。

ケインにも聞きたいことはたくさんある。あなたは誰なのか。何故昼間は豹の姿になっているのか。ケインと同じ呪いなのか。そうなると、この呪いを解く方法を見つけるのは困難なのか。

（いろいろ話したい。けど……）

重大な問題が二人の間にあることに気づき、ケインは自分を抱いている青い目を持つ美しい人を見上げる。

会って話をしたくても、それは不可能だ。何故なら二人にはお互いに獣の時間があり、それは昼と夜とですれ違い、決して交わることがないのだから。

次の日の昼、ケインはいつものように王宮の裏庭にある楡の木に向かった。

毎日昼になると弁当を持って飛び出していくケインを、みんなは笑って見送っている。ケインがあの豹に懐かれたことはすでに周知されていることだ。初めのうちは、長年ここに勤めている人でさえ姿を見ることが希なのにと驚かれた。

感心されて得意になって、豹についていろいろと語っていたケインだったが、彼の正体を知ってしまった今は、軽率だったと反省している。

王宮の中心から離れた深い森の外れに、隠れるように住んでいるリヒトールだ。昼は滅多に姿を現すことはなく、夜も外に出るためには隠遁の術を使い、しかも長い時間の留守はまずいようなことも言っていた。複雑な事情があろうことは容易に想像できる。

(リヒトールが豹だってことを俺が知っているって、教えちゃっていいんだろうか)

楡の木に向かいながら、ケインは迷っていた。

彼の事情を知りたいが、それを知ることは、自分にとっても彼にとっても危険なことだと思う。

それに、本人が知られたくないと思っていることを暴くのにも、躊躇する気持ちがあった。

だけどリヒトールの存在は、ケインがここにきてから初めて得た、大きな手掛かりであることも確かだ。

決心がつかないまま楡の木に到着した。大木の下に着くと同時に、豹が姿を現す。待っていたのかと思うと、迷いや悩みが一瞬消え、自然と笑みが零れた。

金色の毛皮を持つ美しい獣が、ケインを見つめている。首元には豪華なネックレスを付け、前足を揃えた畏《かしこ》まった姿は、王様のような威厳に満ちていた。

そんな威厳ある風体をしながら、ケインが手にしている包みに顔を寄せ、フンフンと鼻を蠢《うごめ》かし、早く開けろと催促する。やっぱり食いしん坊だった。

ケインは笑いながら、楡の木の根元に腰を下ろし、さっそく弁当の包みを開けた。豹のリヒトールも心得たようにすぐ側に寄り添ってくる。

今日の弁当のメニューはトンカツだ。叩いて繊維を壊した豚肉に、小麦粉、卵、パン粉をまぶしてオリーブオイルで揚げた。ソースは数種類準備してきた。ブラウンソースにトマトソース、それからマヨネーズで作ったタルタルソース。シンプルに塩で食べてもいい。

肉と一緒にソースの入った瓶を並べるケインの手元を、リヒトールが興味深げに眺めている。

「いろんな味付けで食べてみようと思って。一つ一つ掛けるからね、好きなように食べよう」

いつもはケインだけが食べるのに、今日は解禁されたことに、リヒトールが不思議そうにケインの顔を見上げた。

「一緒に食べよう?」

初めは逡巡《しゅんじゅん》していたリヒトールだったが、「どうぞ」と促したら、食欲には勝てないみたいで、素直に食べ始めた。味の違うトンカツを、美味しそうに味わっている。

「どれが好きかな。ブラウンソース美味しいよね。塩だけっていうのもいい」

リヒトールはタルタルソースが気に入ったようで、そればかりを食べていた。マヨラーになりそうな予感がする。

リヒトールは、ソースの掛かったそれぞれのカツを、一切れ一切れゆっくりと咀嚼《そしゃく》していた。食べ方も上品で、きちんと前足を揃えている。獣の姿でも、気品はなくならないものだなと、感心しながらリヒトールの食事風景を眺めていた。

見つめられていることに気がついたリヒトールが、ケインを見つめ返す。問うような瞳は、理知的で優しい。

「……昨日、感想の手紙をいただき、嬉しかったです。プリンを凄くお気に召したみたいで」

急に畏まった言葉遣いで話し始めたケインを、リヒトールが訝《いぶか》しげに見上げてきた。

「あの、俺……一緒なんです」

散々迷った末に、ケインはとうとう口を開いた。

「昼間はこの姿だけど、夜になると……猫、になるんです。だから、あなたと何度もお会いしていました。昨夜も……あなたのお屋敷を訪ねた黒猫は、俺です」

リヒトールはジッとケインの顔を見つめている。無表情に見えるのは、豹だからなのか、驚いて感情が抜け落ちたのか、それともケイン自身の恐怖心からそう見えるのか、或いはその全てなのか、よく分からない。

「初めは驚きました。信じられなくて、半信半疑で……でも、昨夜確信しました」

一度口にしてしまった以上はなかったことにはできない。ケインは覚悟を決めて、これまでのこと、自分のこと、リヒトールの正体に気がついた経緯までを、嘘や誤魔化しが混じらないように気を配りながら、できるだけ丁寧に説明した。

「……それで、呪いを解く手掛かりを探しに、フリッツ、俺をここに紹介してくれた子なんですけど、彼の一家の協力で、やってきました」

呪いを解く方法を探し出そうと、また、自分に呪いを掛けた貴族の消息を知ろうとして、猫の姿になる夜には外へ抜け出していたこと。そんな中、森の奥の離宮でリヒトールの姿を見たことなどを、順を追って説明していく。

「俺に呪いを掛けた貴族は、オーギュスト男爵という方です。意識を失って三日後に目覚めたら、こうなっていました。リヒトール様は、その人を知っていますか?」

リヒトールは黙ったまま、身じろぎもせずにケインの話を聞いている。

「だから、リヒトール様の秘密を知って、驚いたけど、……ああ、俺だけじゃなかったって、少し、……安心もしたんです」

ピザを作ったせいで騒ぎになり、自分の秘密をフリッツ以外の人にも知られてしまうことになった。だけど、ここから追い出されずに済んだのも、リヒトールが口添えをしてくれたお蔭だ。

「手掛かりが何も摑めずに、どうしようかって悩んでいました。そんなとき、あなた様にお会いできた。リヒトール様は、俺にとって唯一の手掛かりなんです」

呪いを受けてしまったのは、後先を考えずに行動してしまった自業自得だ。だけど諦めてしまうには後悔が大きく、助かる方法があるなら縋《すが》りたい。

「リヒトール様からお話を聞きたい。知っていることがあれば、教えていただきたいのです。俺のような身分の者が、そんなことを願うのは不敬にあたると承知していますが、どうかお助けいただけないでしょうか」

ケインとリヒトールとでは、本来声を交わすことすら許されないほどの身分の違いがある。そんな相手に願いを訴えるなど、その場で殺されても仕方がない所業だ。

だけどケインは信じたかった。このお方はそんな人ではないと。

「もし、お慈悲のお心があるのならば、どうかあなた様のお話をお聞かせください。お願いします」

こちらを見据えている豹《ひょう》に向かい、深々と頭を下げる。

もし、ケインの不遜《ふそん》な願いを叶えようという気持ちがあるならば、夜にもう一度会ってはもらえないかと、心から訴えた。

僅《わず》かに欠けた月の下、ケインは走っていた。

昼間、ケインはリヒトールと話がしたいと申し出た。豹の姿のリヒトールからは返答を得られないまま、ケインは彼の住む離宮を訪ねるために夜の庭園を駆け抜ける。

申し出を受け容れてもらえるのか、無視されるのか、或《ある》いは王族の秘密を知ったとして処分されるのか。

不安と希望を胸に抱いたまま、ケインは森の奥の離宮へ向かう。

どうか。どうか……。

リヒトールがケインのもとを訪ねてきたり、猫のケインを受け容れてくれたりしたのは、彼がケインの正体を知らず、自分の正体も知られていないと思っていたからだ。

これからリヒトールがどういう行動に出るのかは、まったく分からない。

それでも、唯一出逢えた同じ境遇の者同士、この秘密を分かち合いたいという、強い思いがあった。

裏庭の芝生を抜けると、大きな楡《にれ》の木が見えてくる。その木の陰に人の姿が見え、ケインは目を見開いた。

昼間、いつも待ち合わせていた楡の木の下に、リヒトールが立っている。

「……立場が昼とは逆だな」

足元まで辿《たど》り着き、佇《たたず》んでいる人の顔を見上げる。

「その姿のおまえをここで迎えるのは新鮮だ」

リヒトールがケインを見下ろし、楽しそうな笑顔を作った。

（迎えにきてくれた。俺の願いを受け容れてくださったんだ）

期待はしていたが、諦めの気持ちのほうが大きかった。身分が違い過ぎるケインの言うことなど、聞いてくれないのではないかと思っていたのだ。

木の根元に腰を下ろしたリヒトールが、ケインに向かって両腕を伸ばした。招き入れるようなその仕草に、恐る恐る近づいていく。すぐ側《そば》まで来たケインの身体《からだ》を、リヒトールが抱き上げた。自分の膝の上にケインを乗せたリヒトールが微笑《ほほえ》む。

「散々抱き上げたり撫《な》でたりしていたが、昼間の姿を知ってしまうと、妙な気持ちになるものだな」

少し恥ずかしそうに笑う顔が、月に照らされ光っていた。背中をゆっくりと撫でられると、ゴロゴロと喉が勝手に鳴ってしまう。

「驚いたよ。まさかおまえが私と同じ境遇だったとはな」

リヒトールがそう言って、ゴロゴロいっているケインの喉を指の背で撫で上げる。

「私の他に、そのような者がいるとは思いもよらなかった。……いや、考えてみればそういう可能性もあったのだな。自分一人が悲劇に見舞われたと思い込んでいたのだから」

迂闊《うかつ》だなと言って、リヒトールが仄《ほの》かに笑う。

人を獣の姿に変えてしまう魔法は古くからあり、ある程度強い魔力があれば可能なことだそうだ。

「空駆ける騎獣を作り出せば遠出が叶《かな》う。そのような目的で使うことが多いのだが、希に人間相手に使う輩《やから》もいるのだ」

相手を懲らしめるために使うのがほとんどで、ケインはまさにそれだった。質《たち》が悪い悪戯《いたずら》だと、リヒトールが冷たい声で言った。

「そしてこの呪いは、掛けた本人にしか解くことができない。その者に解術を施されるか、或いはその者自身が命を落とせば、呪いは消える」

リヒトールの言葉は、ケインにとって重大な答えを教えてくれた。

「おまえにそれを掛けた人物、オーギュストといったか。名は知っているが、それだけだ。会ったこともない。しかし、その者が獣の呪いを使ったということに、少し驚いている」

男爵とは、領地を持たない小貴族で、階級としては一番下の身分となる。ユースフトの貴族階級は、魔力の強さで決まることが多く、男爵の階級でケインに掛けたような魔法を使うことは考えられないのだそうだ。

「年齢を重ねるうちに突然開花したのだな。或いは婚姻を結んだ相手がかなりの魔力の持ち主か」

いずれにしろ、自分は面識がないと言った。

「おまえの呪いを解くには、……そうだな、少し時間が掛かる。貴族の命を狙うのは、あまりにも危険だ。謁見の申し出をすれば会うことは叶うが、理由を作るのが難しい。私はその者との接点がないのだ」

貴族、王族もそうだが、お互いに交流を持つには根回しが必要で、まして初対面での面会を果たすためには、膨大な手続きと時間がいるのだそうだ。

平民のケインにとっては、なんでそんな面倒臭いことをしなければならないのかと疑問に思うが、上流の社会とはそういうものだと言われると、反論のしようもない。

「なんとかしてやりたいが、事を急げば悪い方向へ行ってしまうだろう。おまえが言ったように、私たちは、平民のために働くことなど考えたこともない。呪いを解いてほしいと願い出ても、素直に聞くとは思えない。却《かえ》って事が拗《こじ》れてしまうのは避けたいのだ。だから今少し時間がほしい。おまえには酷なことだが許してほしい」

リヒトールの掌《てのひら》に、ケインは自分の頭を擦《こす》りつけ、甘えたような声で「グルニャン」と返事をする。

呪いを解く方法が分かっただけでも、ケインにとっては大きな一歩だ。それに、平民の願いなど我々は聞かないのだと言いながらも、リヒトールはケインのために力を貸そうと頭を悩ませてくれているのだ。それだけでも有り難い。

「国王に命ぜられでもすれば、男爵も従わざるを得ないだろうが、そもそも国王に会うことのほうが難しい」

相手が国王ともなれば、月単位、人に寄っては年単位の時間を要する。そこまで費やして、謁見の機会が叶わない者もいるくらいなのだそうだ。

「息子の私でさえ、もう何年もお会いしていないのだから」

突然の爆弾宣言ともいえる告白に、驚き過ぎて止まってしまったケインに、リヒトールは悪戯っぽく笑い、「猫でも表情が分かるものだな」と呑気《のんき》なことを言った。

「さて、少し私のことを話そうか」

そう言ってリヒトールが膝にいるケインを見下ろし、静かな声で告白を続ける。

「我が父の名は、レオンハルト・シューゼンバッハ。ユースフト王国の国王である。私、リヒトール・シューゼンバッハは、父の第一子としてこの世に生を受けたが、生まれたと同時に、王位継承権を失った。それは私の魂の核となる魔石が、呪われていたからだ」

以前、庭師に教わったように、この国の王族は、魔力の詰まった魔石を内包することで生を受ける。生まれてすぐに呪い除けの魔法が掛けられるが、リヒトールの場合、母体に内包される前、つまりは魔石の状態のうちに呪いを掛けられてしまったのだ。

「私は生まれた直後から今日までの二十六年間、昼と夜とで姿が変わる。悲劇は、この呪いが誰の手によるものなのか、分からないことなのだ」

生まれてすぐの赤ん坊で、ましてや国王の息子ならば、厳重な警備が敷かれ、呪いを掛ける隙などなかっただろう。しかし魔石の状態ではそこまでの警戒はされなかった。恐らくは隠遁《いんとん》の術で宮殿に忍び込んだか、母体に宿している間にやられたのか、リヒトールが生まれて呪いが発覚するまでに期間があり過ぎて、何も分からなかったのだという。

疑わしき者をすべて処罰し呪いを解けばよいという意見も出たというが、その特定が非常に難しかった。王家、貴族には複数の派閥があり、逆に言えば、王家に直接仕えている者以外はすべて疑わしいということになってしまう。何よりも、国王の第一王子が呪われたまま生まれたなどという事実を、公にするわけにはいかなかった。

リヒトールの母親である王妃は、この事実に絶望し、身体も心も病んでしまい、その数年後には亡くなってしまったという。

そうして王族にとって不名誉極まりない事実は隠匿され、王子としてのリヒトールの存在は、消えてしまったのだ。事情を知る僅かな侍従と共に、王宮の外れにある離宮で、ひっそりと今日までの日々を過ごしているのだという。

「呪いを掛けた者の死を待つしかないが、それがいつ訪れるのか、誰にも分からない。何処《どこ》の誰とも知らぬ者の死を望むのは、……なかなかにきついものだ」

長い指がケインの顎の下を掠《かす》めていく。心地好いと感じたが、喉は鳴らなかった。

二十六年間、彼はどんな思いで過ごしてきたんだろう。

ケインは、自分に呪いを掛けた人物が誰なのかを知っている。直接掛けられたのだから、それは疑いようのない事実だ。呪いを解いてもらうのには困難な道を歩まなければならないが、だけどまったく希望がないとはいえない。リヒトールが力を貸してくれようとしているし、フリッツだってている。

だけどリヒトールは、犯人も分からず、父親さえも味方ではないのだ。誰にも力を貸してもらえず、隠されるようにして生きてきた。自分よりも彼のほうがよほど過酷な人生を送っているのだ。

なんとか力になりたいと思う。だけど、ケインには身分も力も知恵もなく、何もしてあげられないのが歯痒《はがゆ》かった。

せめて慰めの言葉を掛けてあげたくても、猫の身体のままではそれも叶わない。明日、人の姿になったときに言ってあげればいいのか。だけど時間差の慰めなんて、滑稽《こっけい》な話だと思う。

リヒトールの手は、ずっとケインの身体を撫でている。優しくて温かい掌の感触が心地好く、同時に悲しいと思った。

だって自分のほうがリヒトールを撫でてあげたいからだ。

今、傷ついている目の前の人に言葉を掛け、抱き締めてあげたいのに、それができないことが、とても悲しかった。

王宮で働くようになってから、二ヶ月近くが経過していた。

その間、昼間は楡の木の下で、夜は森の外れの離宮で、ケインとリヒトールは毎日のように密会を重ねていた。

昼は二人で弁当を食べながら、ケインが厨房や料理のことを語り、王宮や貴族について、またはリヒトール個人について知りたいことを聞く。

そして夜になれば、昼間の質問の答えを聞いたり、リヒトールが食べたい料理のリクエストについて語られたりと、濃密で楽しい時間を過ごした。

離宮を訪れるときには、リヒトールは必ずケインを自分の膝の上に乗せてくれた。そしてツボを押さえた超絶テクニックに翻弄され、そのたびに息絶え絶えになるほどゴロゴロ言わされるのだった。

サイドテーブルにはいつものようにカップが置いてある。中に入っているのは、紅茶ではなく、コンソメスープだ。

リヒトールのたっての願いで、賄い用のコンソメの素をお裾分けした。澄んだ色とはいえない濁った茶色のスープだが、リヒトールは好んでこれを飲んでいる。

ブイヨンから作る本物のコンソメスープのほうは、着々と研究が重ねられ、もうすぐ王宮の食卓に出せそうな段階まできていた。濃厚でどこまでも澄んだ色のスープを作るために、試行錯誤を繰り返している。

「城下でも流行《はや》っているそうだな。あれは随分と手軽にできるというからな」

今夜もケインを膝に乗せながら、昼間ケインが語った、ここ最近のヒット作についてリヒトールが話している。

「私もあれは好みだ。食感がいい。やめられなくなるのだ」

リヒトールが熱く語っているのは、ポテトチップスについてだ。じゃがいもを薄く切って揚げただけのものだが、厨房でも大人気で、休暇で城下に帰った人が自分の家族に教え、瞬く間に広まっているらしい。じゃがいもなら安価で手に入るし、油も再利用できる。

「城下か。私は下りたことがないからな。賑《にぎ》やかなのだと聞く。夜も遅くまで開いている商店などがあるのだろう?」

昼間、豹の姿に変わってしまうリヒトールは、貴族街にさえごく僅かな回数しか訪れたことがない。豹の姿で街を歩けば、流石《さすが》に騒ぎになってしまうし、人の姿で訪れたとしても、夜限定だ。

「おまえの語ることは私の知らないことばかりだ。私は貴族院にも通えていないからな」

貴族街に住む人たちは、十歳から十六歳まで貴族院という学校で、特別な教育を受ける。

そこで自分の派閥を見つけ、爵位の低い者は高位の者の侍女や従者になり、身の回りの世話をする。その関係は卒業したあとも続くのだそうだ。後ろ盾が強ければ、下位の者でも出世の機会を得られ、より優位な立場となれる。だから貴族院は、学業の他にも、自分の将来を左右する、重要な社交の場でもあるらしい。

リヒトールはそういった派閥の争いの中にも入ったことはない。専属の家庭教師を雇い、夜間に授業を受け、王族としての教育を受けてきたのだ。

他者との交流が極端に少なかった彼は、最高位の国王と見紛うほどの威厳を持ちながら、年齢よりも幼い言動が飛び出すアンバランスさを持っている。

男のケインでも見惚《みと》れるような美しい姿を持ち、思慮深く物静かでいて、時々欲望のまま暴走し、使用人の部屋に突撃するという行動力も見せる。

「今度隠遁の術を使い、貴族街を歩いてみるか。ケインも連れて行こう。何度か訪れたことはあるからな。メインストリート辺りなら、少しは案内できよう。なに、危ないことがあれば、私が抱えて飛べばよい」

頼もしいことを言いながら、リヒトールがケインを誘う。

「離宮ばかりで会っていても、代わり映えもない。おまえも退屈だろう」

そんなことはない、という意味を込めて、リヒトールの顔を見上げた。

ケインだってリヒトールに城下を案内してあげたいと思う。フリッツの両親のお店に案内してあげたいし、他にもリヒトールがたぶん目にしたことのないような景色を見せてあげられるはずだ。

だけどそのときはどちらかが獣の姿のままなのだ。あれは何？　美味《おい》しそうだね。なんの店だろうと、そういう他愛ない話をしてみたい。

豹のリヒトールはそれでも表情が豊かだから、ケインの呼びかけにどんなことを思ったのかのおおよその見当がつく、たぶん向こうも同じだろう。

……だけどやっぱり欲を言うなら、彼と会話をしてみたい。反応を見て想像するのではなく、お互いの顔を見て、笑い合ったり、話をしたりしてみたい。

「おまえの呪いについてだが、なかなか事が進まず、済まないと思っている」

ケインの気持ちを察したように、リヒトールが呪いのことを話題にした。

「オーギュストと直接面会をするのは、やはり難しいのだ。それができれば話が早いのだが」

それも気にしないでくださいと、リヒトールを見つめたまま、ゆっくりと瞬《まばた》きをする。

隠された存在のリヒトールが、まったく面識のないオーギュストとの謁見の機会を得ることは困難だ。

だけど彼は、より困難な手段――国王との接触の機会を得ようと画策している。

「血縁という特権を活かして、どうにか会ってもらえないかと申請したのだが、父王も忙しいようで、なかなか実現できない。なにしろ最後にお言葉をいただいたのが、十年も前だ」

貴族の学校である貴族院を卒業するのと同じ年に、リヒトールも学業の修了を終えた。そのときに王に呼ばれ、祝いの言葉をもらったのが最後だった。それも、非公式の謁見という形で、真夜中に行われたのだという。

謁見という形ではなく、十年振りに会ってお話がしたいという息子の申し出は、多忙を理由に却下された。ならばユースフト王国の王族の在り方についての意見書を添えてみたが、そちらも無視されてしまったらしい。

「高貴なる者の義務について、父王や他の者の考えなどを聞いてみたいと思ったのだが……」

リヒトールはケインとの交流で、これまでのユースフト王国の統治について、改めて思うことがあったらしい。しかし平民の生活どころか、他の貴族のこともろくに知らないリヒトールは、これを機会にいろいろと学びたいと思ったようだ。

そのためには、今の生活を続けていては駄目だと気づき、動き出してみたのだが、なかなか上手《うま》く事は運ばない。行動の制限はなくならず、息子として父に会うことさえもままならない現状だ。

「だが、よい兆候も見えるのだぞ？」

膝に乗せたケインに、リヒトールが微笑みかける。

「王宮で皆が口にしている食事だ。ここ最近の料理の質が変わったと、あちらでも評判になっていると聞く」

ケインが考案した前世仕込みの料理は、着実に王宮の人たちの胃袋を摑《つか》んでいるらしい。離宮でリヒトールの世話をしている数少ない侍従のうちの一人が、王宮でのそんな噂を持ってきてくれたのだという。

「私が夢中になったほどだ。他の者が気に入らないはずがないのだ」

リヒトールが大きな笑顔を作り、自信満々に言う。

「いつかおまえが言った。野菜も小麦も肉も、すべて自分たち平民が作ったものだと。そしてあの類い希な料理は、平民のおまえが編み出したものだ。我々はそんなおまえたちを守り、大切にしなければならないのだな」

平民は傅《かしず》く者、搾取する者、ぞんざいに扱っても構わないものと教えられ、王族の常識として、二十六年間過ごしてきたリヒトールだ。ケインの言葉で意識改革が起きても、それを本当に自分の考えとして消化するまでには、まだまだ時間が掛かるのは当たり前だと思う。

「世の中には本では知り得ないことが多くあることを知った。もっと見識を広めたいのだ」

だけど、リヒトールは変わろうとしている。ケインの言葉にちゃんと耳を傾け、真剣に考え、何が正しいのかを自分の目で見極めようと足掻《あが》いている。リヒトールがそんな風に変わろうと思ったきっかけが自分だということに、震えるほどの歓喜と興奮を覚える。

「特におまえが考案した新しい料理は、世界を変えるだろう。まったく大したものだ。おまえはこのユースフト王国に革命をもたらしたのだ」

（……いや、そこまでは。ちょっと大袈裟《おおげさ》過ぎです、リヒトール様）

あまりに手放しで称賛されると、困ってしまう。編み出したとか言われているが、あれは全部前世で培った知識で、ケインが一から発明したものではないのだから。

身の置き所のない気分で小さくなっているケインを膝に乗せたまま、リヒトールの賛美が続いている。

トンカツ、ピザ、柔らかいパンに複雑な味を持つソースたち。

「特にプリン。あれは人類の宝だ」

大きく出た。

「それからタルタルソース。あれは至高の味わいだ。そうだ。次の晩餐には、魚のタルタルソース添えを所望する」

突然リヒトールがメニューのリクエストをしてきた。

白身の魚を軽く揚げ、タルタルソースでいただく料理は、リヒトールの最近のお気に入りだ。

己の意識革命について思慮深く語っている姿に尊敬の念を抱いたすぐあとの、食いしん坊万歳への速やかな移行に、ケインは冷めた視線をリヒトールに送る。

「タルタルソースは多めに添えてほしい。マヨネーズの味が強いほうが、私は好みだ。そのように作ってくれ」

彼のマヨラーへの道は、着実に進んでいるようだ。

「よいか。しっかり掴まっているのだぞ」

リヒトールの声に、ケインは言われた通りに彼の腕にしっかりとしがみつく。

フワリと浮遊感が訪れ、そのまま上へ、上へと、高度が増していく。

(高い、高過ぎるよこれ。……怖い)

何処までも上昇していく感覚に、お腹《なか》の辺りがヒュッと縮む。つい肉球に力が入ってしまい、飛び出した爪を慌てて引っ込めようとするが、上手くできずにリヒトールの腕に食い込ませてしまった。

「ンニャ……」

「平気だ。痛くない。もっとしがみついても構わない」

意思に反して引っ込まない爪のことを謝ると、リヒトールは意に介さないように笑って、ケインの身体を力強く抱き締めてくれた。

(イケメン過ぎます、リヒトール様)

頼もしいリヒトールの腕に、それではお言葉に甘えて思いっきりしがみついた。高度は更に増し、もう遠慮だの謝罪だの考える余裕はなかった。

貴族街と城下町を隔てる城壁は、雲に届くかと思うほど高い。そんな城壁を、リヒトールがケインを抱えたまま飛び越えようとしているのだ。

先日、リヒトールに誘われて、ケインは貴族街へ夜の散歩に出掛けた。リヒトールは、以前交わした約束を、ちゃんと果たしてくれたのだ。そのお礼に、今度はケインが城下町を案内すると約束した。豹の姿のリヒトールを城下に連れ出すわけにはいかないので、今日も夜の外出となったわけだ。

「もうすぐ頂上だ。それを過ぎたら下降する」

今、ケインを抱いて空を飛んでいるリヒトールは、刺繍《ししゅう》も飾りもない綿の白シャツに、なんの変哲もない黒のズボンを穿《は》いていた。いつものように艶《つや》やかな金髪は後ろで一つに結んでいる。装飾品は一つもつけていなかった。

質素な衣装を身に着けているが、滲《にじ》み出る威厳は隠しようもないのが難点だ。

リヒトールの宣言通り、何処まで上がるのかと思っていた上昇が終わり、次には緩やかに下降していく感覚が訪れた。怖がるケインを気遣ってのことだろう。とてもゆっくりとリヒトールは降りてくれた。

トン、と軽い足音がして、地面に着地した。高い城壁を飛び越えれば、ここは平民の住む城下町だ。

ケインはリヒトールの腕から飛び降りて、(こっちです)と先導した。

先に歩く自分の尻尾がピンと立っているのが分かる。凄《すご》く張り切っている自分がいて、気

恥ずかしいが、逸《はや》る気持ちが抑えられない。リヒトールはそんなケインの後ろを、大人しくついてくる。

城下町に貴族が足を踏み入れることは滅多にない。時々は珍しい物を自分で買い入れようと訪れる人もいるが、そういうのはよほどの粋狂な人とされている。城壁で区切られた二つの街は、そのエリアで完結しており、完全に別世界だからだ。

だから、リヒトールが隠遁の術を使わないまま城下を歩いても、町の人は彼を貴族、ましてや王族の人だとは思わないだろうという目論見《もくろみ》だ。平民にしては上品過ぎる立ち居振る舞いだが、大商家のご子息だと言い張れば、向こうも納得せざるを得ない。

意気揚々とリヒトールを先導して歩く。行き先は決まっていた。フリッツの両親が営む商家兼住まいだ。

フリッツはつい先日恒例の休暇から戻ってきており、そのときに知り合いを城下に連れて行きたいと相談し、両親からの承諾をもらったのだった。リヒトールのことは、食材の取引で知り合いになった商人だという設定だ。嘘を吐《つ》いて申し訳ないとは思うが、リヒトールに気兼ねなく楽しんでもらいたいと思ったし、フリッツ一家に負担をかけたくないと思ってのことだった。

「聞いていた通り、こちらのほうが断然賑やかなのだな。人出の多いことよ」

まだ宵の口だが、リヒトールは人の多さに驚いているようだ。貴族はこの時間に、外をほっつき歩くようなことはしない。大概屋敷に籠《こ》もっているか、外出するにしても、夜会に出席しているからだった。

入り組んだ城下の道を迷いなく進み、フリッツの家に辿り着いた。

事前に打ち合わせした通り、リヒトールがドアを叩き、約束していた訪問の旨を伝えてもらう。

迎え入れたフリッツの両親は、リヒトールの美貌と、高潔な佇まいに度肝を抜かれたような顔をしていたが、一緒にいるケインの姿を見ると、ホッとしたように笑顔を見せてくれた。

「息子のフリッツから伺っておりますよ。お待ちしておりました。どうぞお入りください」

家の中に招き入れられ、リヒトールと一緒に中に入った。

泰然とした様子のリヒトールだが、内心とても緊張していることは、いつも彼と一緒にいるケインには分かっていた。

初めての城下、そして初めての平民との対面だ。城壁のあちら側でも、人と交流する機会をほとんど持ったことがないのだ。それでも笑顔を崩さずに、表向きは穏やかな態度を貫くリヒトールを流石だと思った。

店舗を抜け、二階にある住居スペースに案内される。

部屋に入ると、中央にある大きなテーブルの上に、菓子やフルーツ、干し肉に茹《ゆ》でた野菜、ワインなどが並べられ、ささやかな宴の準備が整っていた。テーブルの真ん中、メインディッシュが置かれるスペースには、オニオンリングとポテトチップスが山のように盛られている。

テーブルの様子を見たリヒトールが、ケインの顔を覗《のぞ》いてきた。こんな風に歓迎のパーティを催されるとは思っていなかったらしい。ケインも少しビビっていた。街のことを教えてあげてほしいとフリッツを介して頼んだのだが、こんな大仰なことになるとは思っていなかったのだ。

お茶を飲みながら少し話をして、あとは外を散策して王宮に帰る予定だった。これではガッチリした晩餐会《ばんさんかい》だ。リヒトール一人で切り抜けられるだろうかと、肉球に冷や汗をかいた。

それでも、席を立って退出するわけにもいかず、リヒトールは促されるまま席に着き、ケインもその隣の椅子にピョン、と飛び乗った。

「それでは、新しい出会いに。それからケインの無事を祝って」

旦那さんがグラスを掲げ、乾杯をした。ケインの前には葡萄《ぶどう》を搾ったジュースの皿が置いてあった。

それぞれのグラスを口に運ぶ。リヒトールは静かにワインを飲んでいた。心の中では嵐が吹き荒れているだろうに、顔色一つ変えないのが凄い。

全員がぎこちなく、しばらくは無言のままの時間が続いた。フリッツのお母さんが、ケインのために料理を小さく千切って皿の上に盛ってくれた。

場を和ませる話題を出したいケインだったが、いかんせん猫なので口が利けない。

「この町のことをお知りになりたいそうで」

気まずい雰囲気にケインが焦っていると、旦那《だんな》さんが口火を切ってくれた。

「遠くの町から最近引っ越してきたのだそうですね。王都は賑やかで驚いたでしょう」

「そうですね。人の多さに圧倒されました。夜更けなのに、皆活発に活動している」

リヒトールの返事に、旦那さんが「はは」と明るい笑い声を上げた。

「夜更けなんて、むしろ夜はこれからですよ。二本隔てた通りなどは、今からが一番活気づく時間帯だ」

旦那さんの唇が滑《なめ》らかに動き出した。流石商家の長だ。

それからは、商いのことや、今流行っているもの、収穫の予想とこれから売れるだろう商品のことなど、次々と話題を出し、リヒトールは言葉少なだが、如才なく相槌《あいづち》を打つのだった。

「このポテトチップスが今一番流行っているものですな。フリッツが教えてくれて、我が家でも毎日食べている。これはケイン、おまえが発案したんだって？」

話題が料理のことに移り、旦那さんがケインにも話し掛けてきた。

「これはいい。簡単に作れるし、材料も安価で済む。じゃがいもなんか飽き飽きしていたが、これならいくらでも食べられる。本当にいいものを教えてもらった」

旦那さんが上機嫌でグラスに自らワインを注ぎ、リヒトールにも勧めている。

「本当にな。収穫が終わる頃には肉も野菜もほとんどが城壁の向こうに取り上げられて、残るのは僅かな小麦と芋ぐらいだ。もう芋なんか見るのも嫌だと思っても、それしか口にできるものもないから、仕方なしに毎日同じもんを食べるしかないからな」

ポテトチップスを数枚纏《まと》めて口に放り込みながら、旦那さんが言った。

「王都でも、人々の暮らしは厳しいものですか」

リヒトールが静かに問い、旦那さんが眉を顰《ひそ》めて頷《うなず》いた。

「田舎のほうがまだましなんじゃないかと思うね。他所《よそ》は土地が広いだろう？　王都からも遠いから、取り立ての目を盗んで、備蓄することだってできるんだから」

（そんなことはない。領地の外れにある俺の村だって、カツカツだ。おまけに道は悪く、橋も壊れ、他所の町に助けを求めたくても、できないぐらい酷《ひど》いんだ）

ケインが訴えるが、その声は他の人には届かない。

自分の暮らす土地が一番苦しいのだと、誰もが思っている。それは、情報を交換する術《すべ》もなく、他所を気遣う気力も体力もないからだ。

「行商人の話では、わざと収穫物に傷を付けるんだそうだ。貴族様は汚れた物や歪《いびつ》な物は嫌うだろう？　そうやって自分たちの分を確保しているらしい。……内緒でな」

その話を聞いて、目から鱗《うろこ》が落ちる思いがした。

ケインの村では、どれだけ生活が苦しくても、馬鹿正直に請われた分すべてを納めていた。

自分たちの生活を守るために、そういう工夫もあったのか。もちろん、わざと品物の価値を下げるのは悪いことだが、そうしないとやっていけないほど、窮地に追い込まれての自衛策なのだとケインは思う。

「王都からの命令にはどうやったって逆らえないからな。どうにか目を盗んでやりくりをしている。……だが、知られてしまったときの仕打ちが怖くて、戦々恐々としているらしい」

腹は満たされても、心が病んでしまうのだと、旦那さんが眉を寄せながら、重々しい声で言った。

ままならないと、旦那さんと奥さんが同時に溜《た》め息《いき》を吐く。

「私のところは、それでも随分恵まれているほうなんです。フリッツのお蔭《かげ》もあり、貴族街と取引ができる。……まあ、それで恨みを買う結果になっているわけですがね」

フリッツと出会ったきっかけになったトラブルは、そういう背景があったのだと、ケインは改めて知った。

「自分たちさえよければなんて、そんなことは考えていませんよ、……ですが、家族や従業員の生活を、まずは守らなければならない」

周りに恨まれるからと、商売をやめるわけにはいかないのだ。

「いっそ、他所の国に移れたらと、そんなことまで考えますよ」

領地の外には魔物が跋扈《ばっこ》している。外に出れば、想像もできないような過酷な環境が待ち構えていると聞く。未知の困難に立ち向かうほどの勇気はなく、それなら苦しくともこの地で踏ん張るしかないのだと、二人は力のない笑顔を作るのだった。

「この国は、暮らしにくいですか？」

リヒトールの声はとても小さい。質問をされた旦那さんは、「さあ」と言って笑った。

「他所を知りませんからな。ただ、城壁の向こうを見るたびに、……ああ、なんで俺は貴族に生まれなかったんだろうって、思います」

フリッツを介して貴族街との繋《つな》がりを持った彼は、あちらの生活を垣間見て、自分たちとの違いを目の当たりにするたびに、愕然《がくぜん》となるのだという。

王宮で働くようになったケインも、旦那さんと同じ気持ちだった。

汚れのない石でできた綺麗《きれい》な建物は、先日リヒトールに連れられて歩いた貴族街にも並んでいた。馬車がガタつくことのない平らな道も、汚れも継ぎもない綺麗な衣装も、それらを売っている煌《きら》びやかな商店も、魔石を利用した便利な生活道具も、城壁の内側だけにあるもので、こっち側には何もない。

「……不平等だなあ、と。働いて、働いて、その働いた分をほとんど差し出して。あいつらは、それこそ自分たちさえよければいいんだと思っている。馬鹿馬鹿しいもんだ」

そこまで言って、旦那さんは慌てて手を振って、「今のは失言です」と、撤回した。

「ワインを飲み過ぎました。酔っ払いの戯《ざ》れ言だと思って……」

「ええ。誰にも言いません。ここだけの話として忘れます」

リヒトールの言葉に旦那さんは安心したように息を吐いた。

どんな形で誰の耳に入るか分からない。そうやってほんの些細《ささい》な愚痴も、家族以外には漏らすことを許されない。

それからは話題が変わり、ケインのことが中心になった。ケインがリヒトールを連れてきたことで、フリッツ以外にも協力者ができたことを、二人はとても喜んでくれた。

「辛《つら》いことがあったら、いつでもあっちを辞めて戻ってくればいい。フリッツにも言っているんだ。うちの有能な看板猫だからな」

旦那さんはそう言って、ケインの頭を撫でてくれながら、豪快に笑った。


フリッツの両親の家を辞して、二人で夜の城下町を散歩している。

町は相変わらず賑やかで、あちらこちらから笑い声が聞こえていた。

「皆、楽しそうに笑っているのにな」

一際大きな笑い声がするほうに顔を向けて、リヒトールが呟《つぶや》いた。

「ああして笑っていても、心の底には不満が溜まっているのか。……知らなかった」

フリッツの両親の話を聞いたリヒトールは、いろいろと感じることがあったようだ。ケイン以外の者から改めて国に対する不満を聞かされ、事の深刻さに思い至ったのだろう。

初めての城下への外出なのに、刺激が強過ぎたかと、リヒトールの足元で一緒に歩きながら、彼を見上げた。

町の話を聞かせてあげたいと思っていたが、あそこまで辛辣《しんらつ》な言葉になるとは、ケインも思っていなかったのだ。

「王族は何もしてこなかった」

足を進めながら、リヒトールが言った。

「彼の言う通り、私たちは己の暮らしにのみ目を向け、結界で魔物から守るだけで義務を果たしたつもりでいた。自分たちの在り方にまったく疑問も持たなかった」

恥ずかしい、という言葉が、小さく聞こえた。

リヒトールがそう感じてくれただけで、ケインは報われる思いがした。恥ずかしくなんかない。むしろ立派だと思う。長年自分の中に根付いていた意識に自ら疑問を持ち、間違っていたと認められるのは、本当に凄いことだ。

今すぐそれを言いたいのに、やはりケインの言葉は届かない。でも、明日になったら絶対に伝えよう。時間差になっても構わない。

言わなければ伝わらない。そのために、人は言葉というものを持っているのだから。

ケインがリヒトールを城下に連れ出してから一月が経《た》った。王宮で働くようになってからは三ヶ月が過ぎたことになる。

初秋の気候だった貴族街は、冬を迎えることなく、だんだんと暖かくなっていく。ケインの生活は変わらず、王宮で働く毎日だ。

この一月の間にも、ケインはリヒトールと過ごす日々を重ねていた。フリッツと一緒に休暇で城下に戻ったときには、リヒトールが隠遁の術で飛んできて、夜の町を内緒で散歩したりした。

「……今回も駄目だったか」

リヒトールが溜め息を吐き、目を通した書類をデスクの上に置いた。これまで何度か国王に謁見の申し入れをしていたのだが、今回も断られたらしい。

理由は多忙ということだったが、たぶんそうではない。謁見の申し入れと共に出した意見書が原因だ。

「一方的な批判と捉えているのだろうな。そうではないのだが」

以前は息子として父王と会い、高貴なる者の義務について語り合いたいと願ったリヒトールだが、城下町での出来事のあと、もう一歩踏み込んだ考えを持つようになった。

王国の今後のことを考え、様々な方向から問題点と解決案を提示しているのだが、どれもが受け容れ難く、検討の余地なしと見なされたようだ。

向こうにしてみれば、自分たちの生活になんの不都合もないのに、何を見直すことがあるのかという考えなのだろう。

しかもそれを言ってきたのは隠れた存在の王子なのだ。

離宮に閉じ込め、ずっと蔑《ないがし》ろに扱ってきた息子から、今になって謁見の申し出が頻繁にくることに、黒い思惑があるのではないかと不安を持ったのかもしれない。呪われた息子を遠ざけたという後ろめたさもきっとあるのだろう。

デスクに置いた書類を見つめ、眉を寄せて考え込んでいるリヒトールに、ケインは「ニャー」と、励ましの声を出した。

リヒトールは寄せた眉根を解き、「平気だ」と言ってケインの喉を擽《くすぐ》る。

「何度でも挑戦しよう。別の方法を考えてみるか。なにしろ動かなければ始まらないからな」

前向きなことを言いながら、膝の上にいるケインの背中を、リヒトールが撫でてくれる。

いつもの仕草に、何故《なぜ》かケインの背中の毛が逆立った。

「どうした？」

顔を覗くようにしてリヒトールが身体を屈《かが》め、ケインはその視線から逃げるようにして床に下りた。

「ケイン？」

心地好い手の感触のはずなのに、どういうわけか今は触られたところがゾワッとなり、落ち着かなくなってしまったのだ。

実のところ、今朝から体調が悪かった。身体が怠《だる》く、熱っぽい。昼間のうちはなんとかやり過ごせたのだが、夜になったらぶり返したようだ。風邪を引いてしまったのかもしれない。痛みなどのはっきりとした症状はないが、今もなんとなく腹の辺りがモヤモヤとして、不快な感じがする。

(帰りたいかも)

リヒトールには申し訳ないが、一人になって、ベッドで丸くなりたい。

ケインは窓枠に飛び乗り、カリカリと窓を引っ掻いた。

「もう戻るのか?」

いつもならもっと長い時間滞在するのに、出たがるケインを見て、リヒトールが戸惑ったように聞いた。こんなとき、口が利けないのが不便だ。体調が悪いのだと言い訳もできない。明日になったらちゃんと理由を話すから、今日は帰りたいと窓を引っ掻きながら訴えると、リヒトールが窓を開けてくれた。振り返り、「ニャア」と一声鳴いて、ケインは外に飛び出し、離宮を後にした。

翌日になっても不調は治まらず、ケインは熱っぽい身体に鞭打《むちう》ちながら厨房で働いた。

昼にはいつもの楡の木まで行って、待っていたリヒトールに昨日のことを謝った。具合が悪かったんだと言い訳するケインの顔を、リヒトールが心配そうに見つめていた。

夜になると、ますます具合が悪くなる。

身体が重く、熱が上がったようだ。腹の中のモヤモヤが大きくなり、怠いのにじっとしていられなくて、苦しかった。

(今日はリヒトールのところへ行けないいな)

ベッドで丸くなりながら、ケインは湧き上がる不快感を我慢する。

時間が経《た》つにつれ、腹のモヤモヤがはち切れそうなほど大きくなり、ケインは呻《うめ》き声を上げた。

(これ、……風邪じゃない)

籠もった熱が体内で出口を求めて暴れている。下腹部がズクズクと疼《うず》き、喉から変な声が出た。

自分の身に起きていることが信じられなくて、別の原因を探そうと思ったが、下半身の疼きが酷くなり、思考が霧散する。

身体の熱を持て余し、ケインはベッドの上で動き回る。熱を解放したいという思いに駆られて、他のことが何も考えられなくなった。

「ケイン……？」

朦朧《もうろう》としながら忙《せわ》しく動き回っているケインの耳に、誰かの呼ぶ声が入ってきた。目が潤んでいてよく見えなかったが、スッとした長身はリヒトールのものだ。

夜になってもケインが離宮にやってこないことを訝《いぶか》しんで、あちらから出向いてきたらしい。近寄ってくるリヒトールに、今の自分を見られたくなくて、ケインは威嚇の声を上げながら、ベッドの隅に逃げ込んだ。

一旦は丸くなるが、すぐにジッとしていられなくなり、その場でグルグルと回った。勝手に鳴る喉は、いつものような穏やかなものではなく、「ヴゥー」という唸《うな》り声になった。

そんなケインの様子を眺めたリヒトールが、「……ああ」と、納得したような声を出す。

「発揚がやってきたか」

リヒトールの声が上手く聞き取れない。

「苦しいだろうが仕方がない。時を待ち、やり過ごすしかないのだからな」

冷静な声は心なしか素っ気なく聞こえた。

「いずれ治まる」

いずれとはいつかと、息が上がったままリヒトールを見上げるが、ケインの視線を避けるように顔を逸《そ》らされる。

落ち着く場所を探して尚もベッドの上で蠢《うごめ》くが、一向に落ち着けない。助けてほしくて泣き声を上げたら、リヒトールが近づく素振りを見せ、だけどその場に留まったまま、差し出しかけた腕を下ろすのが見えた。

「……離宮には、発揚が治まった頃にまた訪れてくればよい」

そう言って後退《あとしさ》り、ケインに背中を向けた。

「おまえもそのような浅ましい姿を見られたくないだろうから」

リヒトールの姿がスッと消える。すぐにパタリとドアが閉まる音がした。

リヒトールが部屋から出て行ったことを確認し、ケインはベッドの隅から移動し、閉まったドアに視線を向けた。

身体は依然として熱く疼く。だけど惨めさがそれを上回った。

昨夜のケインの態度があったから、今夜離宮に顔を出さないことで、リヒトールは心配して来てくれたんだろう。それなのに、ケインの状態を確認したあとの、あの態度はあまりにも冷たかった。

苦しんでいるケインを見て、「大丈夫か」の一言もなく、治ったら顔を出せとだけ告げて去ってしまったのだ。

(……浅ましいって、……なんだよ。酷い)

リヒトールが口にした「発揚」という言葉は初めて聞いたが、たぶん意味は分かる。前世でいうところの「発情期」のことを言ったのだろう。

人間にはそんなものはないから、これは獣特有の性の情動だ。リヒトールにそんな姿を見られたことが、とても恥ずかしい。

だけど、それを浅ましいなんて言われたら、傷つくじゃないか。

（好きでこうなっているんじゃないのに。あんまりだ）

リヒトールだって豹になるのだから、ケインと同じ経験をしたことがあるんじゃないのか。

それならこの苦しさを理解してくれて、優しい言葉を掛けてくれたっていいと思う。

それともこれはケインだけに降りかかった呪いなんだろうか。

熱が渦を巻き、ケインの身体を苛《さいな》む。それ以上に胸が痛くて、涙が滲んだ。

（酷い。酷い……！）

リヒトールの放った心ない言葉と、労《いたわ》りのない態度を繰り返し思い出し、ケインは嗚咽《おえつ》を堪《こら》えながら、一晩中ベッドの上で悶絶した。


発揚の苦しみは三日間続き、四日目の朝にようやく治まった。

その間も、ケインはいつもと変わりなく王宮の厨房で働いていた。人間の姿でいるときは、我慢ができるのだ。身体が重い感覚はずっとあるが、熱の暴走は起こらない。

だが、夜になって猫の姿になると、体内で暴風が吹き荒れた。下腹部の疼きが治まらず、シーツに擦りつけてやり過ごした。身体は疲れきり、僅かの時間ウトウトと寝落ちても、すぐに下腹部の切なさに目を覚ます。

苦しんでいる間、リヒトールの言葉が何度も思い出され、ベッドの上でウロウロと蠢きながら、ケインは涙を流した。

忌まわしい発揚の期間は無事に乗り越えたが、ケインはその後の五日目も、六日目も、リヒトールに会いには行かなかった。

お昼は厨房のみんなと過ごし、夜は自分の部屋から一歩も出ない。

七日目の朝、厨房で玉葱の皮を剝いていると、コック長がケインのところへやってきた。

「あ、すぐ終わります。あとこれだけなんで」

次の作業の段取りを言い渡しに来たのかと思い、作業をやめないままケインが言うと、コック長が「そうじゃない」と言うので、そこで初めて顔を上げた。

コック長は少し困った顔をしていた。なんだろうと思っていると、外に向けて指をさし、「迎えに来てるぞ」と言われた。

窓から外を覗くと、入り口のドアのすぐ前にリヒトールがいた。行儀良く前足を揃《そろ》え、動かずにいる。

「おまえさん、最近外でランチしていないだろう？　心配して見にきたんじゃないか？」

コック長が肉の切れ端をケインに渡し、「行ってこい」と言う。

「大人しい豹だとは知っているが、こんな近くにいられたんじゃ、みんなの気が散ってしょうがない。これをやって宥《なだ》めてこい」

肉を持たされ、外へと追い出される。

ケインが姿を現すと、リヒトールが立ち上がった。棒立ちしているケインの前で、行ったり来たりし、向こうへ行こうと誘う素振りをする。

「ええと。そうですね。……ここじゃあまずいので」

リヒトールに促され、ケインは建物から離れて歩き出した。先導するように先を行く豹のあとをついていく。

どんどん先に行くリヒトールを追い掛けながら、楡の木のところへ行こうとしているのだと気づき、ケインは立ち止まった。

「すみません。ここで。仕事中なので、あまり時間が取れないんです」

裏庭から楡の木までは遠い。コック長に許可をもらったとはいえ、そんなに長い時間は使えない。人の目が届かないここで十分だと思った。

足を止めたケインを振り返り、リヒトールも止まった。さっきドアの前にいたときと同じように足を揃え、ケインの顔を見上げてくる。

真っ直《ま》ぐ《す》に見つめてくる瞳は、何故会いに来なかったのかと、ケインを責めているように見えた。

「……いつかはお見苦しいところをお見せして、すみませんでした」

身体を直角に折り、深々と頭を下げる。リヒトールはそんなケインの態度に首を傾《かし》げ、次の言葉を待つように見つめてくる。

どう言えばいいのかと言葉を探し、目を泳がせる。何も言わないケインに業を煮やしたのか、リヒトールが「ゴルルル」と、小さく吠えた。弁明があるなら言ってみよという態度だ。

「その、……今言った通り、見苦しいところを見られてしまったので、……お会いするのが、……恥ずかしかったんです」

初めて体験する獣の発情期に、どうしていいか分からず動揺して、あんな姿を見せてしまった。リヒトールの目には、ケインがさぞみっともないものに映っただろう。

貴族や王族は、セックスをしないと聞いた。野蛮な行為だからと。

リヒトールもきっとそう思っているのだろう。だからあのときのケインの姿を見て、浅ましいと言ったのだと、冷静になってから思い至った。

苦しんでいた最中は、冷たい、酷いと、恨む気持ちばかりだったが、時間が経つにつれ、恥ずかしさでいっぱいになってしまったのだ。

「会わす顔がないというか。ほら、……あ、浅ましいとか、言われちゃったでしょう?」

笑顔を繕おうとしたのに失敗した。その言葉を口にした途端、頬が歪《ゆが》み、涙目になってしまう。

「本当に恥ずかしくて、顔を見せられなかったんです。……すみません」

泣きそうになっているのを誤魔化すように、再び深く頭を下げた。

「それで、身体は元に戻ったんですけど、まだ動揺が去らないので、……もうしばらくの間、会うのは遠慮させてください」

リヒトールの顔を見ると、あのときの苦しさや、見舞われた直後の情けなさ、冷静になってから込み上げてきた恥ずかしさなどがいっぺんに襲ってきて、平静ではいられなくなってしまう。

できればもう少し時間を置いて、気持ちが落ち着くのを待ってほしかった。

「勝手な願いとは思いますが、どうか、しばらく時間をください」

会いたくないなど、王族に対してもの凄く無礼なことを言っている。だけど一緒にいるのがいたたまれない。

頭を下げるケインを、リヒトールがジッと見つめている。怒っているのか、呆《あき》れているのか、気持ちを確かめるために顔を見ることすらできなくて、ケインはひたすら頭を下げた。

八日、九日と日が経って、十日が過ぎてもケインはリヒトールに会いに行けなかった。

それから更に日が過ぎ、リヒトールに頭を下げたあの日から、更に二週間が経っていた。

ケインの生活は変わらず、王宮で仕事を続ける毎日だ。この二週間の間に、フリッツと一緒に城下に一度だけ行った。

ケインは夜に働けない事情があるので、代わりに決まった休暇をもらっていない。みんなの休暇の合間で、人に余剰がある日や、フリッツに誘われたときなどに、事前に申請して休みを取っていた。

フリッツと城下町に行ったとき、旦那さんにリヒトールのことを聞かれた。礼儀正しくて素敵な人だったと言われた。また連れてきてくれと言われ、そうですねと曖昧に笑った。

呪いについては何も進んでおらず、どうするつもりかと問われ、これにも答えることができない。

リヒトールのお蔭で、この呪いが、掛けた本人にしか解けないことや、オーギュスト男爵に直接会うのは難しいことなどが分かり、収穫もあったが、では呪いが解ける日が来るのかというと、望みは薄かった。

リヒトールが国王と謁見するために、努力をしてくれているが、そちらのほうも上手くいっていない。リヒトールが父王に会えたとしても、ケインの呪いについて協力してもらおうとする試みは、たぶん失敗するだろう。

すぐには解決するとは思っていないが、村を出てから既に四ヶ月以上が経っていた。半年経ってもたぶん状況は変わらないと思う。それなら一度故郷へ戻り、家族の顔が見たいと思い始めていた。

これ以上王宮に留まっていても、ケインにできることは何もないのだ。あとはリヒトール頼りになってしまうが、それだって期待薄だ。

「じゃあ、王宮から引き上げて、うちで働くかい？」

旦那さんがそう言ってくれた。

フリッツから話を聞き、ケインが手伝ってくれるなら、新しく食事処を作ってもいいという。絶対成功するからと、フリッツも乗り気だった。

人の好い彼らからの熱心な勧誘を受けているうちに、それもいいかと考えるようになった。

彼らはケインの事情を知った上で協力をしてくれたし、今でもこうやって温かく接してくれる。

お店を開いて、美味しい食事を提供して喜んでもらうのは、やり甲斐《がい》があるだろうと思った。商売が軌道に乗ったら、村から家族を迎えてもいい。弟のテオとフリッツはきっと気が合うだろう。

そのことを王宮の厨房でフリッツと話していたら、コック長が慌てた。ケインに辞められては困ると、こちらからも熱心な慰留を受けた。

「でも、俺ができることって、もうないですよ。メニューだって出し尽くしたし」

厨房でみんなと昼飯を食べながら、コック長にからまれる。フリッツは面倒だと思ったのか、早々に引き上げ、昼寝をしに出ていってしまった。

「そんなことを言わずに。絞ればもっと出てくるだろう」

「そんな。何処を絞ってももう出てこないですって」

　元々前世の母の料理を真似《まね》て作ったのだ。あやふやな記憶でできることはもうやり尽くしたし、あとはプロにお任せしたい。

「コンソメスープだって完成したじゃないですか。発端は俺だけど、あのスープは完全にコック長の研究の成果なんですから」

　完璧なものを作ろうと取り組んでいたスープは、既に完成していた。まだ王宮の食卓には載っていないが、二ヶ月後にある建国記念の晩餐会で、コース料理の筆頭としてお披露目をする算段になっている。

「待遇が不満なら、家令長に掛け合うよ。だからどうか考え直してくれ」

「いや、……まあ、まだ決めたわけじゃないので。それに、辞めるとしても、すぐではないですし」

　コック長の迫力に押され、お茶を濁す。本当にそうなったらいいという話をしただけで、具体的なことは何も決まっていないのだから。

　食事を済ませ、尚も縋《すが》ろうとするコック長を置き去りにして、ケインは食器を片付けようと席を立った。

　自分の使った食器を洗いながら、ここも悪い職場ではないんだよな、なんて、すぐにも絆《ほだ》されている自分に笑ってしまった。

コック長は少々ウザいけど、根はとてもいい人だ。ケインが猫になってしまうという秘密を知っても、態度を変えず、却って気を遣ってくれる。ケインだって新しい料理を作るのは、とても楽しい。王宮に来なかったら、絶対に経験できないことをたくさんできたことも収穫だったと思う。

何より、ここに来てリヒトールと出逢えたことが、自分にとって一番の出来事だった。事情があるにしても、王族の、しかも国王の息子と親しくなり、毎晩のようにデートを重ねていたのだ。この経験は、ケインが今後村に帰るにしろ、城下で店を構えるにしろ、絶対に忘れられない宝だと思う。

「……いや、デートじゃないし。何を言っているんだ」

一人で言い訳をし、ガシャガシャと水を飛び散らかせながら皿を洗った。

毎日昼は楡の木の下で待ち合わせて一緒に弁当を食べ、夜はリヒトールの屋敷で共に過ごした。国王に送る意見書を書いているリヒトールの膝の上に、常に乗せてもらっていた。

一人の人とあれほど長い時間を共有したのは、前世と合わせてもなかったことだ。

あれ以来、リヒトールとは会話はもちろん、姿を見ることさえなくなっている。厨房のドア前で待機することもなく、ケインの部屋を訪れることもない。

自分から会いに行けばいいのだが、それにも躊躇《ちゅうちょ》してしまう。

しばらく時間をくれと言ったまま、放置し過ぎてしまい、今更会いに行くのが気まずくなってしまったのだ。

「術を使えば簡単に来られるはずなのに。……やっぱり呆れちゃったのかな。もっと早くに会いにいけばよかった」

日が経つにつれ、どんどん会いにくくなり、その分気持ちが募っていく。

今晩出掛けてみようか。だけど今更何をしにきたと言われたらどうしよう。ケインが発揚したときのような素っ気ない態度を取られたら、もう二度と立ち直れないかもしれない。

そう思うと決心が鈍ってしまう。そうやってまた日が延びて、ますます会いづらくなってしまうという悪循環に陥っていた。

「ケイン、あのさ」

一心不乱に皿を洗っている後ろから、フリッツが話し掛けてきた。昼寝はしなかったのかと、濡《ぬ》れた手を拭《ふ》きながらフリッツのほうへ向き直る。

「喧嘩《けんか》した？　あの子と」

「あの子？」

首を傾げるケインに、フリッツが「あの綺麗な豹柄の子」と言った。

「今日いたよ？　森の前にある大きな木のところに」

「え？」

昼寝をするためにいい場所を探して、普段ケインがリヒトールとランチをしていた場所へ、フリッツは行ってみたのだそうだ。ケインと仲良くしている豹に、自分も懐かれてみたいという思惑もあったという。

「そしたらいたよ。近づいたらさ、パッと立ち上がって、でも僕だと分かるといなくなっちゃった。あれ、ケインを待っていたんじゃないかな」

たぶん毎日あそこに来てるんじゃないかと言われ、ケインは大きく目を見開いた。

その日の夜、ケインは意を決して、リヒトールの離宮へと向かっていた。

昼間、フリッツにリヒトールが楡の木の下にいたと聞き、居ても立ってもいられなくなった。日が落ちるのがこれほど待ち遠しかったことはない。

この二週間、リヒトールは毎日あそこで待っていたんだろうか。今も書斎の窓から外を眺め、ケインの姿を探しているんだろうか。

あの日のわだかまりなんて、とっくに消えていたのに、気まずいからって行動を起こさなかった。

待っていてくれたのに。

酷いことをした。

飛ぶように土を蹴り、裏庭を回って森を目指す。

大きな楡の木が見えてきて、ケインは息が切れるのも構わず、全速力で駆けていった。月が辺りを照らし、楡の木の下が木漏れ日のように光っていた。その真下に、今会いに行こうとしている人の姿が見え、ケインは「ああ」と、声を上げた。走ってくるケインを見つけたリヒトールが地面に膝をつき、両腕を広げる。ケインはそこへ向かって大きく飛んだ。

腕の中に飛び込んだケインを、リヒトールは汚れるのも構わずに抱き締める。

「ようやく会いに来てくれたか。待っていたのだぞ」

ごめんなさい、ごめんなさいと、リヒトールの腕の中でケインは何度も謝った。

ケインを腕に収めたリヒトールは、優しい手つきでケインの頭や顎、背中にお腹と、至るところを撫でてくれた。久し振りの感触に、喉がゴロゴロと鳴る。

「元気でいたのか？　おまえが会いに来てくれるのを、今か今かと心待ちにしていた」

手の動きを止めずに、リヒトールが待っていたという言葉を何度もくれる。その声はとても嬉《うれ》しそうで、おまえに会いたかったのだという気持ちが伝わり、ケインは目を細めた。

撫でられながらグルグルいっているケインを見つめ、リヒトールも頬を和らげる。「嬉しいのか、よかった」と言って、安心したように溜め息を吐いた。

「おまえを……傷つけてしまったのではないかと、それでもう私に会いたくはなくなったのかと、そう思った」

ずっと悔やんでいたのだと、リヒトールが告白した。

「おまえにしばらく会うのを遠慮したいと言われ、私は自分がしでかしてしまった言動を振り返り、愕然としたのだ。……なんて酷いことを言ってしまったのだろう。本当に済まなかった」

静かな声は僅かに震えていて、彼が本当に後悔していることを物語っている。

「初めてのことで不安だったろうに。おまえの苦しみを理解できるのは、私しかいなかったのに、寄り添うことを恐れ……目を背け、逃げてしまった」

優しいリヒトールは、自分の言動がケインを傷つけたことに、自分自身も傷ついてしまったのだ。そしてケインがリヒトールを許し、自分の元を訪れるまで、昼も夜も、毎日ここでずっと待っていてくれた。

青く澄んだ瞳には懺悔の色が浮かび、許してくれと、何度も謝る。

(俺も同じです。俺のほうこそごめんなさい)

ケインも言葉にならない声で、リヒトールに謝った。

自分の気持ちだけが大事で、相手も傷ついていたことなど考えもせずに、時間が経ち過ぎて気まずいからと、リヒトールの気持ちを蔑ろにした。

「許してくれるだろうか。おまえを傷つけてしまったことを」

一度口にしてしまった言葉は消すことができない。不用意に人を傷つけ、謝る機会を失ったとき、どれほどの後悔を生むかを、自分は知っている。

また同じ過ちを犯すところだったと、自分を見つめている人を見上げた。リヒトールにそんな思いをさせずに済んだことに、ケインは心から安堵《あんど》する。

「……ああ、人としての同じ時間を共有できないことがもどかしい。私はおまえに許されたいのだ」

言葉がほしいと、リヒトールが顔を歪める。

言葉が出せない代わりに、ケインは身体を伸ばし、リヒトールの頬に自分の顔を寄せ、ペロリと舐《な》めた。

「それは、許すと言ってくれているのか？　私が望んでいるからそのように思えるのか」

疑い深い彼を納得させようと、頬ずりをし、冷たい鼻を押しつける。喉を鳴らし、撫でてくれと、リヒトールの腕に前足を掛けた。

望んだ通りに喉元を撫でてもらい、ケインはゆっくりと瞬きをし、もう一度頬ずりをした。

リヒトールはもどかしいと言ったが、ケインは今自分が獣の姿でよかったと思った。

呪いを掛けられ、姿を変えることができて嬉しいと、初めてそう思った。

何故なら、躊躇することなく好きな人の腕の中に飛び込み、頬を寄せ、撫でてとねだり、キスをすることができるからだ。

(好きです。……大好きです)

言葉が通じないから、素直に告白できる。毎日ここで待っていてくれたことが嬉しい。自分もずっと会いたかった。嫌われていなくてよかった。

「なんだろう。何を話してくれているのだ？　……ああ、本当にもどかしい。おまえの言葉を今すぐに聞きたい」

（聞かれたら困ります。好きだって言っているんだもの。人間の姿のときにそんなことを言ったら、あなたは困るでしょう？）

ニャアニャアと、鳴き続けるケインの声を理解しようと、懸命に耳を傾けるリヒトールと、理解できないからこそ素直な気持ちを伝えているケインと、すれ違う獣の時間を持つ二人は、久し振りの逢瀬を、長い時間楽しむのだった。

高い天井に宝石のような石が光を放ち、広い空間を照らしていた。顔が映るほどピカピカに磨かれた床には、真っ赤な絨毯《じゅうたん》が延びている。足が沈むほどフカフカのそれは、ケインが普段寝ているベッドよりも柔らかい。

絨毯の両脇には、騎士や重鎮たちがズラリと並んでいる。その赤い道の先にある椅子に、ケインを呼び出した人が座っていた。

「面《おもて》を上げよ」

ご尊顔を拝する許可をいただき、ケインは俯《うつむ》けていた顔をようやく上げた。

まずは煌びやかな王冠が目に入る。その輝きに似た金色の髪がその下にあった。

ユースフト王国の国王、レオンハルト・シューゼンバッハは、段上の玉座に座り、ケインを見下ろしていた。

ケインが王の姿を拝見するのは初めてだ。もっとデップリとした体軀《たいく》かと思っていたが、痩身だったことに少し驚いた。金色の髪と青い瞳が息子とそっくりだった。この男はリヒトールの父親なのだと、老いてもなお端整な容貌に納得する。

王の両脇、段を下りた場所には、妃と王子がいた。王妃エレーナは美しい人だった。瞳の色は深い碧《みどり》で、髪は明るい栗色をしていた。

夫婦の間には、このジルベール王子一人しか子どもがいない。彼も両親に似て美しい容貌をしていた。瞳は国王に近い薄いブルーで、髪は母親から受け継いだのだろう、赤みの強い茶色だった。厳粛な空気の中、彼だけが僅かに笑みを浮かべていて、何処かで会ったことがあるような既視感を覚えさせ、ケインの緊張が僅かばかり解けた。

国王からの急な呼び出しに、ケインよりも周りの使用人たちがパニックになった。平民が国王の姿を拝することなどほとんどなく、貴族でさえ謁見の機会を持てるのは限られた人だ。それが個人的に呼び出しを受けたのだから、何をしでかしたのかと、大騒ぎになった。コック長などは涙目で両手を結び、神に祈る始末だ。

ケインも動揺はしたが、たぶんそうなるだろうと、事前に教えられていたので、周りほど驚きはしなかった。

「おまえの働きは耳に届いている。ここ最近の食卓が豊かになったのは、すべておまえによるものだそうだな。見事である」

お褒めの言葉をいただき、ケインは深々と頭を下げた。

「……して、おまえには今後も励んでもらいたいと要望しているが、そうではないという話を聞いた。王宮を去り、市井に戻る意向だというが、本当か」

再三謁見の申し出を繰り返したリヒトールだったが、ついにその願いは叶わなかった。そこで二人で相談し、別の作戦を練ることにした。

王国の政策についての陳情はひとまず置いておき、王宮内の食生活の向上について、議題を変えた。

王宮でも柔らかいパンやピザ、新しいソースに味わいを増した肉料理など、食生活が激変したことに、王を始め皆で驚き、喜んでいた。

そこでリヒトールは、その食の変革の中心となった者がまもなく王宮を去ってしまうということを王に進言し、是非《ぜひ》引き留めてほしいとお願いしたのだ。彼がいなくなれば、王宮の食卓は、以前のような味けないものに逆戻りしてしまう懸念があり、王の力でそれを是非阻止してほしいと、切々と綴った。

食卓に出された料理に舌鼓を打っても、それを提供した者のことなど気にもかけない国王も、それは困ると焦ったようだ。なんとかケインの翻意を促そうと、王自らが迅速に動いた結果の今だった。

実際はコック長がいるし、厨房の連中もケインの料理をすべて体得している。もともとそんなに難しいことをやっていたわけではないので、ケインが去っても元に戻ることなどない。だけどその辺は言う必要のないことだ。

「王宮での処遇に不満があるなら遠慮なく申してみるがよい」

断られることなど考えていない国王は、鷹揚な態度でケインの返事を待った。

「有り難きお言葉をありがとうございます。大変光栄なお申し出ですが、お断りさせていただくしかありません」

ケインの返答に王は目を見開き、周りの者たちがざわめいた。王子は困った顔をして母親である妃に視線を送り、その妃は不快そうに扇子で口元を覆った。

「国王からの要請であるぞ」

脇に立っていた重鎮の一人が、こめかみに青筋を立ててケインを責め、ケインはそれにも「申し訳ありません」と頭を下げる。

「平民の分際で、陛下からお言葉を賜《たまわ》るだけでも栄誉なことであるのに、それを断ろうとは、なんたる不敬。……それ相応の制裁を覚悟してのことなのだろうな」

「制裁なら、既に受けております」

ケインは低頭していた姿勢をゆっくりと直し、国王の顔を仰ぎ見た。

「先ほども申し上げたように、断りたいのではなく、お断りするしかないのです」

「……どういうことか。申してみよ」

王の許可を得て、ケインはこれまで自分の身に降りかかったことを、順を追って説明した。

村にやってきた貴族からの制裁を受け、呪いを掛けられてしまった身体は、夜には猫に変化してしまう。王宮で働きたくても、こんな身体ではまともに働けないこと。周りにも多大な迷惑を掛けていることを、丁寧に語った。

「厨房の方々も、私が日中しか動けないことを承知で協力をしてくれています。ですが、これ以上迷惑を掛けるのは心苦しく、だから、ここを去ろうと決心した次第です」

ケインの話を、王は厳しい表情のまま黙って聞いていた。そしてケインが話し終わると、うむ、と一つ頷いて、ケインの顔を覗くように身を乗り出した。

「呪われた身であるゆえ、おまえはここから去ろうというのだな。そうせざるを得ないと」

「はい。そうです」

「ならば、呪いが解ければここに留まるということだな」

「……それは、そうですが」

そんなことが可能なのかという態を装って、不安げな声で答えると、王は乗り出していた身体を起こし、「なに、簡単なことよ」と、ニヤリと笑った。

「おまえに呪いを掛けたその者の名を申してみよ。朕《ちん》の権限により、おまえの呪いを解いてやろう」

ケインがオーギュスト男爵の名を告げると、王子がパッと顔を上げた。

「オーギュストは貴族院で一緒の者と同じ名です。エド……エドワードは、わたしのお付きをしてくれているのです」

「そうか。その者の息子なのだな」

「はい。二学年上で、とても頼りになる人ですよ。エドの父親にも何度か会っています。そうですか、あの者が彼に獣の呪いを掛けたのですね」

ケインにとっては恐ろしい呪いでも、彼らにとっては日常茶飯事なのだろう。王子は屈託ない笑顔で、話題に出たのが知り合いだったことを、単純に喜んでいるようだ。

貴族院からの繋がりは、卒業してからも続く。誰の側につくかで将来が大きく変わるのだから、王子の派閥に入れたことは、オーギュスト家にとって、何よりも強い後ろ盾を得たことになる。

「オーギュスト家は、母上が貴族院におられた頃からの派閥の一人ですね。その流れで、今もわたしの側にいてくれています」

「妃の。そうだったか」

国王に視線を向けられた妃は、扇子を口元にあてたまま、僅かに瞼《まぶた》を伏し、肯定の意を示した。

妃の反応に頷いた国王は、「それなら話は早い」と呟き、直ちに側近の者を呼び寄せた。


謁見の間を退いて、ケインは別の部屋で待機させられていた。なんのための部屋かは分からないが、広さだけで王宮の厨房を超えている。

装飾の施された立派な椅子に畏《かしこ》まって座っていると、ドアがノックされ、侍従に連れられた豹が入ってきた。

「リヒトール様……！」

案内をした侍従が去り、誰もいなくなったところで、ケインはリヒトールに駆け寄る。膝をついてリヒトールの首に抱きつく。暖かい毛皮の感触を確かめたら、身体中の力が抜け、ケインは大きな溜め息を吐いた。

「き、……緊張した。本当に上手くいくかと心配で心配で。ああ、よかった……」

ここまで事が上手く運ぶとは思わなかったから、まだ信じられないでいる。

国の政策については頑《かたく》なに耳を貸さなかった国王が、今までと同じ食事が食べられなくなると知った途端、食いついてきたのだ。リヒトールも大概な食いしん坊だが、これは親からの遺伝なのか。

ケインから事情を聞いた王は、ケインに呪いを掛けたオーギュスト男爵を直ちに呼びよせるように命じた。今はその到着を待っているところだ。

そして呪いを解いてやると王に言われたケインは、喜ぶと共に、大いに怯《おび》えてみせた。オーギュストに呪いを掛けられた記憶はまだ鮮明で、あの男に会うことが恐怖だと訴えたのだ。ケインの訴えに、王は自分の命に従わない者などいないし、不安であれば、監視のための者を付けると言ってくれた。それを聞き、それならば離宮に住む豹に付き添ってほしいと願い出たのだった。

王宮にいる人間は、騎士や侍従といえども全員が貴族だ。できればフリッツやコック長など、気心の知れた人に一緒にいてもらいたいが、それも叶わないなら、猫になってしまう自分が唯一心を許せるあの豹に一緒にいてもらいたいと願った。

今日の計画を練っていた当初、このことを言い出したのはケインだ。リヒトールが王に謁見できる機会を僅かでも得られればという気持ちもあったが、本音は一人では心細いからという、王に訴えた通りのものだ。そこまではきっと無理だろうとリヒトールは言い、ケインもダメ元で言ってみたのだが、けっこう簡単に聞き入れられて、こちらが拍子抜けしたほどだった。

ケインを留意させるよう進言したのはリヒトールなので、それを考慮したのかもしれない。

また、離宮に住む豹の正体を知っているのは、あの謁見の場ではほとんどいなかっただろうから、ケインの願いを却下する理由に困窮したのではないだろうかと推測する。

いずれにしろ、ここまでの作戦はすべて思い通りに進んでいた。

「国王はリヒトール様に似ていらっしゃいました」

謁見の間で見聞きしたことを、ケインはリヒトールに語ってきかせた。

「王子様もいらっしゃいましたが、リヒトール様のほうが似ています。ジルベール王子はまだ幼く、ニコニコしていらっしゃいました。親しみやすいような……というか、何処かでお会いしたことがあるような」

即位前の王子の顔など、国王よりも見る機会が少ないのだから、会ったことがあるはずがない。極度の緊張を強いられる場で、唯一笑いかけられ、そんな錯覚を起こしたようだ。

「とにかく緊張してしまって、心臓が口から飛び出るかと思いました。……本当、上手くいってよかった」

怖かったけど頑張ったことを褒めてもらいたくて、再びリヒトールの首に抱きついて、ここぞとばかりにスキンシップを図る。

広い部屋の隅で、一人と一頭で固まっていると、再びドアがノックされた。

そこに現れたのは、忘れもしない、ケインに獣の呪いを掛けたその人、オーギュスト男爵

だった。

部屋に入ってきたオーギュストは、ケインと一緒にいるリヒトールの姿を見て、その薄青の瞳を大きく見開いた。どうやらリヒトールがここに呼ばれたことを知らされていなかったらしい。

「これはこれは……、大変珍しいお方がいらっしゃる」

そう言って僅かに口端を引き上げると、ケインたちのほうへ大股《おおまた》で近づいてきた。表情の薄い顔つきは相変わらず感情がよく読み取れず、不気味な感じがする。

呪いを掛けられたときの恐怖が蘇《よみがえ》り、ケインは身体を硬くしたまま、リヒトールの首に回していた腕に、ギュッと力を入れた。

そんなケインに、リヒトールが「グルル」と喉を鳴らし、頬に鼻先を押しつけてきた。心配するなと励ましているようで、ケインは勇気をもらい、僅かに頷いた。

「仲が睦《むつ》まじいことで。好いご友人ができたとみえる。僥倖《ぎょうこう》、僥倖」

嫌味のような台詞《せりふ》を吐きながら、すぐ側まで近づいてきたオーギュストが、ケインに向けて手を翳《かざ》した。

思わず後退るケインに、「呪いを解いてほしいのだろう？　逃げてどうするのだ」と、可笑《おか》しそうに笑った。怖がるケインの前にリヒトールが立ち塞《ふさ》がった。

「呪いを解くのは後ろの男のほうなのでしょう。私は王にそう命じられたのですがね」

オーギュストが僅かに眉を寄せ、「さっさとしてほしい」と言った、ケインは恐怖心を堪え、手を翳しているオーギュストの前に立った。

なんの前触れもないまま、オーギュストが魔法を放つ。身体から何かが流れ出るような感覚が訪れ、力が抜けた。立っていられなくなり、その場にへなへなと座り込む。

オーギュストは何も言わず、そのまま踵《きびす》を返し、部屋を出て行った。

「……終わったのか？」

呪いの解術の儀式は、自覚を持つ暇もないまま、呆気《あっけ》なく終わった。

月明かりの下、ケインは楡の木の下にいた。

木漏れ日のようだった光はなく、見えるのは当たり前の夜の景色だ。

僅かな月明かりを頼りに、自分の掌に目を凝らした。五本の指がはっきりと見える。

「人間の手だ」

日が落ちても、ケインは猫にならず、人の姿のままだった。

「呆気ないものだったな」

自分の手を見つめているケインの横から声がする。顔を上げると、リヒトールがすぐ側に立っていた。昨日までとは視線の高さがまったく違う。同じ人の姿のまま、二人は向かい合っていた。

呪いは解け、ケインは人に戻った。もう夜になっても、朝を迎えても、姿が変わることはなくなったのだ。

「どうした？　不思議そうな顔をして」

ボウッとしているケインの顔を覗き込み、リヒトールが笑っている。

「……いえ。なんというか、まだ信じられなくて」

「信じろ。私の目で見ても、おまえは人に見えるぞ？」

言葉が聞こえ、言葉を返す。ケインは今、リヒトールと会話をしている。当たり前のことが、二人にとっては奇跡だった。

「触れてみてもいいだろうか」

リヒトールが言った。ケインは微笑みながら頷く。長い腕が伸びてきて、ケインの頬にそっと触れた。

ゆっくりと撫で、耳を触り、喉元に触れる。いつものように指の背で顎の下を擽られる。

「喉が鳴らないな」

「当たり前です」

二人で笑って、ケインのほうからも腕を伸ばした。

長い髪に触れてみる。柔らかく心地好い手触りだが、やっぱりあの毛皮とは違う。顔に触れてもいいだろうかと、恐る恐る伸ばした手に、リヒトールが委ねるように首を倒してきて、ケインの掌に頰を寄せた。

滑らかな肌が掌に吸い付く。リヒトールはケインの手に頰を乗せたまま、目を閉じている。とても綺麗だと思った。

こんなに美しい人が、自分の掌に頰ずりをしているのが、とても不思議だ。

ケインに頰を委ねている人をじっと見つめていたら、リヒトールが瞼を開き、ケインを見つめ返した。

「どうした？　何故笑っている」

責めるような口調だが、口元は笑んでいる。

「いえ。……なんか、不思議だなと思って」

「何がだ？」

「だって、平民の俺が、こんな風に触れたりして。あり得ないことでしょう。あなたは王族の方なのに」

猫と豹のときは、気軽に身体を撫で、膝に乗っていたのに、今になってとても畏れ多いことをしていたのだと気づく。……いや、本当は気づいていたのだが、気づかない振りをしていた。猫なら許してもらえると、知らない振りをして甘えていたのだ。だって、好きな人に触れたかったから。

ケインの声にリヒトールは「なんだ。そんなことか」となんでもないような口ぶりで言った。

「同じ人間だ」

そう言って頬にあるケインの手に、自分の手を重ねてきた。すぐ目の前に、リヒトールの顔がある。猫のときは、もっと近い距離のときもあった。鼻先をくっつけて、こっそりとキスをしたこともある。

もっと触れたいと思った。

青い瞳がケインを見つめている。

頬に置いた手を僅かに引き寄せたら、リヒトールの身体が素直についてきた。手は、ケインの手を握ったままだ。お互いに距離のないところにまで近づく。

どちらか片方の意思ではなく、両方の想いだと、自然に分かった。

唇が触れる。

ほんの一瞬唇を重ね、すぐに離れた。それからお互いに見つめ合い、再び近づく。

「ん……」

声を漏らしたのはケインが先だと思う、代わりにリヒトールは、甘い溜め息を吐いていた。

今度は長い時間、唇を重ねたままでいた。舌先が触れ合う。

チュ、と僅かな水音が立ち、その音に驚いたようにリヒトールが目を見開き、慌てて身体を離した。

「私は……」

今触れ合っていた場所を指先で押さえ、愕然とした表情をしたまま、リヒトールが絶句した。

「ごめんなさい。大変無礼な真似を……」

ショックを受けているリヒトールに、ケインも慌てて謝る。自分の唇を触っているリヒトールの指先が震えているのが見えたからだ。

「いや、違う。私のせいだ。私が獣のままだから。……おまえは人に戻ったのに」

リヒトールは、今の行為は、獣の本能がそうさせたのだと思ったらしい。打ちひしがれたように項垂《うなだ》れ、「……済まない」と謝ってきた。

「リヒトール様、違います」

「何も違わない。私が悪いのだ。このようなことは、人ではあり得ないのだから」

「そんなことはないです。人だからです。獣はこんなことをしません」

リヒトールはケインの声に反応せず、俯いたまま肩を落としている。

「リヒトール様、俺はとても嬉しかった。だって、俺、リヒトール様が好きだから、凄く好きだから。だから……」

触れ合い、キスをした。好きな人とそんなことができたことが、嬉しくないはずがない。

「……俺がしたかったんだ。リヒトール様にキスしたかった。だから謝らないでください」

項垂れていた顔が、ほんの僅か上がり、窺《うかが》うようにリヒトールがケインを見る。

決して野蛮な行為なんかじゃない。好きな人とは触れ合いたいし、キスしたいし、もっと先へだっていきたい。

「人だからそうなりたいんです」

離れてしまった腕をもう一度取る。自分に引き寄せ、長い指先に唇を押しつける。

ケインの行為に、一瞬驚いたように手を引こうとするのを押しとどめる。

「俺とキスするの、嫌でした？　……汚い？」

ケインの問いに、リヒトールが戸惑いながら、小さく首を横に振った。

リヒトールの答えを聞き届け、ケインは再びキスを落とす。しなやかな指先に唇を押し当て、そうしながら「……大好き」と告白した。

ケインにキスをされているリヒトールがフッと笑う気配がした。恐る恐る見上げると、月のような笑みを浮かべたリヒトールの顔があった。

「好きだから、キス……をするのか」

「そうです」

そうか……と呟き、リヒトールがケインの手を引いた。今ケインがしていたように、ケインの指先に自分の唇を押しあてる。

姿も所作もすべてが綺麗で、こんなに綺麗な人が、獣であるはずがないと、指先にキスを落とすリヒトールの姿を陶然と見つめた。

リヒトールがケインを見下ろす。引き込まれるように近づき、自分から唇を押しつけた。ふわふわと、雲の上を歩いているような心地だった。

何度も唇を合わせながら、そのたびに「大好き」と言った。ケインの告白に、リヒトールも「私もだ」と、何度でも答えてくれた。


楡の木の下に二人で座り、ずっとお喋《しゃべ》りを続けている。

今まではどちらかが猫か豹だったから、会話ができることが嬉しくて、どれだけ話しても話し足りなかった。

会話をしながら、二人の手はずっと繋げられたままだ。目が合うと笑い合い、何度もキスを交わした。

「王が私の提案に乗ってくれてよかった。賭けだったのだが。上手くいった」

今の話題は、今日の宮殿での出来事についてだ。

「食欲の勝利でしょうね」

「どうあってもケインを手放したくなくなるよう、料理について、念入りに綴《つづ》ったからな」

「お蔭でしばらくは仕事を辞められそうにありません」

コック長が泣いて喜ぶだろうと、苦笑が漏れる。

「私だって同じだ。あの陳情書はおまえを手放したくないという、私の本心だからな」

リヒトールがケインを見つめ、鮮やかな笑顔を作る。

「リヒトール様……」

「プリンもポテトチップスも、おまえが手掛けたものと他とでは味が微妙に違うのだ。マヨネーズなど、特に」

「……リヒトール様」

「それだけ情熱を込めてあれを送ったのだ。王の心に響かないはずがなかろう」

そう言ってニッコリと笑い、ケインの頬に口づける。

「それにしても、オーギュスト男爵は、随分あっさりと呪いを解いてくれました」

「それはそうだろう。国王の命令は絶対だ」

「不承不承って感じがありありと見えましたけどね。嫌味も随分言われたし」

素直に呪いを解いてもらえたのは有り難かったが、あの短い時間でさえ、胃が縮みそうなほど、あの男の言動すべてが不快だった。

嫌なやつだったと、不敵な笑みを作っていたオーギュストの顔を思い浮かべている横で、リヒトールが深刻な顔つきで、何やら考え込んでいる。

「どうかしましたか?」

「いや。……少し、引っ掛かりを覚えたものでな。あの男の言動に」

入ってきた瞬間のリヒトールの姿を見つけたときの反応が、激しかったように思えたという。

「私が何者か、知っているような素振りだった」

リヒトールの素性については、王宮でもごく一部の人間しか把握していない。知っている者にも厳しい箝口令《かんこうれい》が敷かれていて、オーギュストのような爵位の者が、知るはずはない。

リヒトールの話を聞き、ケインもあのときのことを詳細に思い出そうと、思考を巡らせた。

ケインにとっては目の前に来ただけで身体が強張《こわば》るほどの恐ろしい人物だ。笑みを浮かべながら、決して目は笑っておらず、そんな顔で次々と嫌味を投げつけてきたが、今思えば、村で対面したときとは少し印象が違っていたような気がしてきた。

何が違ったのだろう。

「……あ、言葉遣いだ」

村では平民のケインにぞんざいな態度をとっていたオーギュストだったが、今日の物言いはそれとは違っていた。あの場にいたのはケインと、豹の姿のリヒトールしかいなかったのに。

「嫌味だったけど、随分丁寧な言葉遣いをしていましたね、そういえば。リヒトール様がいたからなんでしょうか。でも……」

リヒトールが呪いを掛けられていると知らなければ、その姿はただの豹だ。畏まる必要などまったくない。だとすると、あの男はリヒトールが何者であるのかを知っているということになる。

「あのとき、少し……妙な気がしたのだ」

「何がですか?」

「あの者が解術の魔法を使ったとき、魔力の流れに覚えがあるような気がした。私はあの者と会ったことはないのに」

ケインにも多少の魔力は備わっているが、それは微々たるものだ。呪われているとはいえ、国王の子であるリヒトールの魔力は王族の中でも絶大だ。その彼が、オーギュストの魔力に既視感を覚えたというのだ。それはどういうことだろう。

リヒトールが深い思考に陥った。眉根を寄せて空を見つめながら、「あれは、何者なのだ」と呟く。

「そういえば、ジルベール王子のお付きは、男爵の息子らしいです。男爵本人は、妃の派閥で、その流れで息子が王子に付いたって」

リヒトールの視線がケインに向いた。

「俺も何か……引っ掛かったような……」

呪いを掛けたられたときの記憶が鮮烈過ぎて、ただただ恐ろしい人だと気持ちが逃げてしまったため、何も考えられずにいたのだが、無理やり恐怖を押し込め、彼とのやり取りを思い起こすと、確かに違和感が湧いてきた。

「何か、……なんだろう」

記憶の中で目を凝らしてみる。自分はあの男の何に引っ掛かったんだろう。冷たい表情、皮肉げに歪んだ唇に、赤みの強い茶色の髪。酷薄な瞳は王やリヒトールよりも薄い青だった。

何かが摑めそうで、手を伸ばすとするりと逃げていく。霧の中で探しものをしているような不確かな感覚の中、ケインの手を握っているリヒトールの肌の温もりだけが、確かな感覚としてケインに伝わってきた。

呪いが解けてから三日が経った。

楡の木の下でリヒトールとキスを交わした翌日も、二人は同じ場所で落ち合った。そしてその翌日も。

二人で他愛ない話をし、リヒトールが食べたい料理のリクエストをもらい、ケインは厨房での出来事を話し、笑い合ったり、時々はキスをしたり。

この三日間、本当に呪いが解けたのか不安があったけれども、夜になってもケインはもう猫の姿には変身しなかった。オーギュストは王の命令にちゃんと従い、完全にケインの呪いを解いてくれたことが分かり、心からホッとした。

残る気掛かりは、リヒトールに掛けられた呪いのことだが、これぱかりはどうしようもなかった。誰がリヒトールに呪いを施したのかが、今でも分からないからだ。

そして四日目になり、ケインはいつものように厨房で働いていた。

ケインが考案したフードプロセッサーが完成し、みんなで使い勝手を試しているところだった。

「これは便利だな。ここまで細かくなるとは」

ナイフをプロペラ状に加工してもらったものを容器に取り付け蓋をして、魔法でプロペラを回転させ中に入れた食材を刻む。プロペラの中央には魔石が埋め込まれている。これを使えば、いろいろな材料をいっぺんに均一に刻めるし、裏ごしや、マヨネーズを攪拌《かくはん》する際などにも使える便利グッズだ。

「まったくおまえときたら、次々とよくもまあ思いつくものだ」

容器の中でペースト状になった食材を眺め、コック長が呆れたように言った。次には何を刻もうかと、新しい玩具《おもちゃ》を与えられた子どものようにはしゃいでいる。

みんなで新しい器具の実験をしているところに、家令長がやってきた。

「ケイン、王宮に料理を運んでくるように。ジルベール王子からの直々のご指名だ」

家令長の言葉に、厨房の全員が絶句する。

なんでも、先日国王とケインとの謁見の場に同席した王子は、王自らが熱心に留意を促した様子を見て、ケインに価値を見いだしたらしい。そんなケインに自分のためだけに何かおやつを作らせ、ケイン自らに運ばせ、本人からもいろいろと話が聞きたいと言い出したそうだ。要するに、珍しい玩具を手に入れた気でいるのだろう。

常識外のことではあるが、王子のたっての願いということで、結局聞き入れられることになってしまった。

「ご自分の立場なら自由にしても構わないと思われたのだろうな」

家令長も王子の我儘《わがまま》に呆れながらも、諦めている様子だ。

王子の命令を断ることはできないので、ケインも諦めて従うことにした。

大急ぎで王子のためのおやつを作り、宮殿へとはせ参じる。デザート関連には前世の記憶を以《もっ》てしても疎かったので、いつものプリンと、フライドポテトを作って持っていく。

王子の住まうエリアは、宮殿の西側に位置していた。宮殿までは家令長が付き添ってくれたが、途中で王子付きの侍女に代わり、彼女のあとをついていった。

いくつかある部屋のうちの一つに案内される。子どもの趣味とは思えない、ホテルのスイートルームのような空間で、ケインはおやつの用意をし、待機させられた。

やがて数人の侍女や侍従を引き連れ、ジルベールがやってくる。広いテーブルに一人だけ着き、並べられたおやつを眺め、満足げに頷いた。

ボウルいっぱいに作ってきたプリンを、サーバー用のスプーンで王子の皿に移す。カットしたフルーツとジャムを添えたプリンを、王子が早速食べ始めた。別の皿に盛り付けたフライドポテトにも手を付け、塩《しょ》っぱい物と甘い物を交互に食べる無限ループに突入している。

「このじゃがいもは、以前食したものとはまた食感が違うな。わたしはこちらのほうが好きだ。この赤いソースも気に入った」

フードプロセッサーを早速使って作ったケチャップソースが、いたくお気に召したらしい。ほとんどケチャップのみを食べているんじゃないかという勢いだ。

王子が機嫌よくおやつを食べているところへ、今度は妃のエレーナがやってきた。

テーブルに並んだ料理をチラリと見て、席に着く。当然、妃のためのおやつも用意をすることになる。

王子に妃と、王室の二大巨頭に平民の自分がサーブするなど、どんな罰ゲームかと思うが、逃げ出すこともできないので、粗相をしないようにと祈りながら、無言で作業に没頭した。

妃の侍従が加わり、部屋にはケインを含めて十人の人間がいる。そんな中で、たった二人で食事をとる風景は、彼らにとっては普段通りでも、ケインには異様に映った。

フライドポテトをこれほど上品に食する母子を見るのは初めてだなと感心して眺めながら、ふと、似ていると思った。

先日謁見の間で王子を初めて見たときに、何処かで会ったことがあるようだと思ったが、そんなはずはないのですぐに忘れた。だけど今目の前で美味しそうにフライドポテトを頬張っている王子に、やはり既視感を覚えるのだ。

並んでいる母と子は、そうだと言われれば親子だと思えるくらいには面影が重なる部分があった。だけど目の前にいる王子は、それ以上にある人物に似ているのだ。

薄いブルーの瞳に、赤みの強い茶色の髪は、オーギュスト男爵とまったく同じだ。笑うと子どもらしい顔つきになる王子だが、そうでないときには冷たい印象になりそうな、端整な作りもそっくりだ。

……まさかと思う。だって彼は国王の息子なのだ。

親戚ということはあるだろうか。でも、それなら男爵という地位がおかしいような気がする。

呪いが解けた夜、リヒトールが不思議なことを言っていた。オーギュストが使った魔法の流れに覚えがあるような気がしたと。

そしてケインも何かが引っ掛かっていた。その答えが、今目の前に座っている。

動揺が手に現れ、サーブスプーンを落としそうになり、ガチャンと大きな音を立て、慌てて謝る。

「どうした。プリンをもう一つ入れてくれ」

「はい……」

ボウルからプリンを掬《すく》う手が震えてしまった。側で見ていた侍従が僅かに眉を寄せるのを目にして、ますます焦り、挙動不審になってしまう。見かねた侍従が進み出て、王子に伺いを立ててから、サーブを代わってくれた。

深く頭を下げ、後ろへ下がる。王子はケインの粗相など気にした様子もなく、お代わりのプリンを頬張った。

そっと目を上げてそんな王子の顔を覗き見た。……やっぱり似ている。

これは何を意味するのかと考えているケインを、妃が見つめていることに、まったく気がつかなかった。


夜になり、ケインはリヒトールとの待ち合わせ場所に急いでいた。

今日の出来事と、ケインが気づいたことを話したら、彼はなんと言うだろう。王子とオーギュストが似ているという事実は、とんでもない真実に辿り着きそうで恐ろしい。そして、根拠はないが、それがリヒトールの呪いに繋がっているような気がして、胸騒ぎが収まらないのだ。

「頭のいい人だから、俺が思いつかないことを考え出すかも。とにかく今日のことを話さなきゃ……」

逸る気持ちで楡の木に向かうが、何故か歩いても、歩いても、辿り着かない。

「どうして……？」

走るように早足で向かっているのに、一向に目的地が見えてこないのだ。まるでオートウォークの上を逆向きに歩いているような、行けども行けども前に進まない。

一時間近くも走っただろうか。体力が尽きて、ケインはとうとう足を止めた。楡の木は形も見えず、だけどケインは王宮の裏庭にいるのだ。

「……何処に行こうとしている？　誰かと約束でもしているのか？」

膝に手を置いて息を整えているケインの頭上から声がした。ハッとして顔を上げると、すぐ目の前にオーギュストが立っている。

「なんで……？」

王宮の裏庭に、部外者が入ることなどあり得ない。しかもここは使用人たちがいるエリアだ。貴族のオーギュストが立ち入るような場所ではない。

なら、何故こんなところに彼がいるのか。

目的は――ケインしかいない。

「なんの用ですか」

ケインの問いに、オーギュストは肩を竦《すく》め、無言でいる。いつものように皮肉げな顔をして、不気味な笑みを浮かべるだけだ。

「ジルベール王子のことですか。俺が気づいたから？　あなたが……」

彼の父親だということを。

全部言い終わる前に、ドンという衝撃と共に、ケインの身体が吹き飛んだ。覚悟をする間もない、あっという間の出来事だった。芝生の上に尻餅をつき、痛みに顔を歪める。オーギュストは無表情のまま、ケインに向けて手を翳していた。

「面倒なことになったものだ。まさかおまえがこんなところにまで来るとは思わなかった。大人しく泣き暮らしていればいいものを」

呪いを掛けたまま放置していた辺境の村の青年が、どういうわけか王宮に入り込んでいた。それだけならまだしも、知られてはならないことに気づいてしまった。

オーギュストにとって、ケインは不都合極まりない存在になってしまったのだ。

「俺をどうする気ですか。……殺すんですか」

ケインの問いに、オーギュストは溜め息を吐き「仕方がないことだ」と言った。

「王妃を脅かす存在は、悪だからな。おまえには消えてもらう」

冷酷な眼差《まなざ》しがケインを突き刺す。秘密を知ってしまったケインを排除するつもりなのだ。

「おまえがいなくなると、国王が残念がるだろうが、平民一人が消えたところで、どうということもない。すぐに忘れるだろう」

ケインに手を翳し、オーギュストが近づいてくる。ケインは地面に尻をついたまま、逃げようと後退った。

「逃げられないよ。あの呪いだけで諦めていれば、こんなことにならなかった。だからおまえが悪い。私だって殺生などしたくはないのだ。だが仕方がないだろう?」

妃のために。

オーギュストの目はケインに向いているようで、別の何かを見ているような目つきをしていた。

「私はあのお方のために、なんでもすることを誓ったのだ。おまえが生きているせいで、あの方がご不安になられる」

ケインに向けた掌から光の球が発生した。グルグルと回転しながらそれは徐々に黒く染まり、大きくなっていく。

「流血させるようなことはしないよ。あのお方の住まう場所を、おまえのような者の血で汚すわけにはいかないからな」

黒い球が掌よりも大きくなり、人の頭ほどに育っていく。あれでケインを消し去るつもりなのか。逃げようにも身体が硬直して立ち上がることもできない。

——ケイン。

そのとき、何処からか自分を呼ぶ声がした。

——ケイン、何処にいる。無事でいるのか。

聞こえるのはリヒトールの声だ。待ち合わせの場所に来ないケインを心配し、探してくれているのかもしれない。

「……リヒトール様。助けて……！」

ケインは空に向かい大声で叫ぶ。

「助けなどいくら呼んでも来ないぞ。ここは私の張った結界内だからな」

オーギュストが余裕の声で笑った。手の上の黒い球はますます大きくなり、人一人を呑《の》み込むほどの大きさになっていた。

「助けて！　ここです。リヒトール様。リヒトール様……」

喉が裂けるほどの大声でリヒトールを呼び続ける。縋れるのは彼しかいない。

「無駄だ。せいぜい自分の愚かさを後悔するといい……」

そのとき、バリバリと頭上で音がして、雷のような閃光が走った。目を開けていられないほどの明るさに、思わず目を閉じる。

ふわっと風が吹き、目を開けるとケインの前にリヒトールが立っていた。ケインを庇《かば》うように両手を広げ、オーギュストの前に立ちはだかる。

「私の結界を破っただと……？」

「おまえの魔力など私に及ぶものではない」

オーギュストが「くそ」と吐き出すように言い、唇を噛《か》んだ。リヒトールを睨《にら》みつける目は、憎悪に満ちている。

「不穏な魔力の流れを感じた。間に合ってよかった。……ケイン、大丈夫か？」

視線はオーギュストから外さないまま、リヒトールがケインを気遣った。ケインはヨロヨロと立ち上がり、リヒトールの背中にしがみついた。

「オーギュスト。……おまえは何をしようとした」

低い声は静かだが、聞いているこちらが震えるような冷たいものだ。

「俺が気づいたから。……王子があの人の息子だって気がついて」

ケインが知ってしまったことを、王妃も気づいたのだろう。だからオーギュストを差し向け、事実を知るケインを消そうとしたのだ。

「それは確かか？」

リヒトールの意識がケインに向いたそのとき、オーギュストが自分で作り上げた黒い球をこちらに向かって放出した。「危ない！」とケインが叫ぶが、リヒトールは慌てる様子もなく片腕を上げる。

迫りくる大きな黒い球が、リヒトールの掌に吸い込まれる。一瞬の出来事だった。

「おまえごときの魔力で、私に敵うと思うな」

オーギュストはギリギリと歯を鳴らし、リヒトールを睨み上げる。「おまえのせいで」と、低く呟き、今度は両腕を天に掲げ、さっきよりも大きな光の球を作り出した。

巨大な光の球を空に浮かべながら、オーギュストは尚も「おまえのせいで」と、リヒトールに憎々しげな声を放つ。

「おまえが……おまえの母親がいたせいで、あのお方が悲しむことになったのだ……！　エレーナ様こそこの国の妃に相応《ふさわ》しいお方。それなのに、おまえの母親があとからその座を奪い、どれほどあのお方が絶望されたか」

「あとから妃の座に就いたのは、エレーナ様のほうではないか」

「違うっ！」

光の球を掲げたまま、オーギュストが大きく頭を振った。

「エレーナ様は国王、……あの頃の王太子の妃候補の筆頭だった。彼女こそが妃に相応しいと、誰もが信じていた。それなのに、蓋を開けてみればおまえの母親が選ばれてしまったのだ！」

オーギュストと現妃エレーナは、貴族院の頃からの付き合いで、彼らはエレーナを支え、彼女が次期妃となることを疑わずに傅いてきた。オーギュストの様子を見れば、崇拝に近い想いを、彼女に抱いていたようだ。

「エレーナ様以外の妃など、我々は認めない」

「だから、生まれようとする魔石に、……おまえは呪いを掛けたのか？」

リヒトールの問いに、オーギュストが薄暗い笑みを浮かべた。そして「あの方のためだ」と、事実を認める。

自分が崇拝していたエレーナが妃候補から外れ、リヒトールの母親がその座に就いた。それを不服とし、許せなかった彼は、リヒトールの魔石に呪いを掛けたのだ。

「これまで上手くやっていたのだ。あの方はこれからも妃としてこの国に君臨しなければならない。あの方を不安に陥れる者は許さない。邪魔者は去れ……っ」

オーギュストが叫び、頭上の光が膨張する。このまま光が爆発すれば、オーギュストもろとも吹き飛んでしまうほどの膨大な光の渦だ。彼はそれでも構わないと思っているのか、不敵な笑みを浮かべたまま、「おまえたちの最期だ」と、呪詛を吐く。

「リヒトール様」

さっきの黒い球とは比べものにならないほどのエネルギーに、ケインは彼の腕を摑んだ。消えてしまうなら、その瞬間まで共にいたいと、強く願う。

リヒトールが天に向かって両腕を掲げる。

「もう遅い！」

オーギュストが笑い声を上げ、両腕を大きく振り下ろした刹那、リヒトールとケインの周りが別の光に包まれた。円柱状の光の壁の内側に二人は立っていた。

すべてを呑み込もうとするオーギュストの放った光は、リヒトールの作り上げた光の壁に遮られ、やがて天に昇るようにして、――消えていった。

「……相当な魔力を持っているようだが、私には及ばなかったようだな」

リヒトールの静かな声が響き、オーギュストがその場に崩れ落ちた。

「大切な者を守ろうとする気持ちは理解するが、そのために他を陥れようとする行為は許されるものではない」

膝をついて土を握っているオーギュストに、リヒトールが近づいた。

「私の魔石に呪いを掛けたのは、エレーナ妃の命令か」

「違う……っ、私が、……私の独断で」

オーギュストが髪を振り乱し、激しく首を振った。罪が暴かれた今になっても、彼はエレーナを庇おうとしている。

「だが、王宮におまえは出入りできなかったはずだ。誰かの手引きがなければな」

ケインが国王と初めて謁見し、ジルベール王子とエレーナ妃がオーギュストと懇意にしている話を聞いても、王の反応は薄かった。国王ともなれば、側に仕える人は厳選され、数も限られる。男爵位であるオーギュストとは面識もないのだろう。もっとも、頻繁に顔を合わせるような立場であれば、きっと王も二人の仲に気がついただろう。ケインですらすぐに気づいたのだから。

「エレーナ妃がおまえを宮殿に入れるように手引きした。もしくは、魔石を持ち出し、おまえに託したか」

リヒトールの詰問に、オーギュストは答えず、下を向いたまま首を横に振り続けている。

「おまえの子とすり替えた魔石はどうした？」

次に出されたリヒトールの問いに、オーギュストの動きがピタリと止まった。

「国王とエレーナ妃との間に生まれた、真の王子の魔石は何処へやったのだ」

リヒトールのその言葉に、ケインはハッと気づき、思わず声が出た。

婚姻を結び、子をなそうとするとき、魔力を融合させて新しい魔石が生まれるという。それならば、国王と妃の間に生まれた魔石は確実に存在しなければならないのだ。しかし、今国王の息子として王宮にいるのは、オーギュストと妃の間で生まれたジルベールだ。

「真の王子の魔石を……葬ったか」

リヒトールが静かに言い放ち、オーギュストの身体が大きく震える。

「なんということを……。己の利益のために」

「違う……っ、私は利益など！　私はただ、エレーナ様との愛の証を……！」

ワナワナと唇を震わせ、オーギュストが叫ぶ。

オーギュストのエレーナに対する想いは本物なのだろう。彼女のことだけを考え、判断を仰ぎ、その通りに働いた。そうやってこれまでずっと生きてきたのかもしれない。だけど二人のやったことはあまりにも残酷で、他の全員を不幸に陥れた。

「……国王がこのことを知れば、おまえも妃もただでは済まない。この国に死刑制度はないが、私に呪いを掛けた者の正体が分かった今、その者が死ねば、私の呪いは解けると考えるだろう」

リヒトールの声に、オーギュストの肩がビクリと震えた。

「だが、自ら呪いを解こうというのであれば、命だけは助けるように、国王に進言しよう。さあ、どうする。おまえが選べ」

オーギュストの前に片膝をつき、リヒトールが決断を迫る。

日は完全に落ち、今日は月も出ていない。

星明かりが薄らと辺りを照らす向こう側に、森を背にした楡の木の姿が、浮かび上がっていた。


その日、貴族街と城下町とを隔てていた巨大な門が、大きく開かれた。

城下からは続々と領民が門を潜《くぐ》っていく。

建国記念日の今日は、普段は固く閉ざされている城門が開放され、平民たちが王の言葉を拝聴できる貴重な日だった。我が国の平和を祈り、長年その平和を守り続けてくれた国の長へ、感謝を捧げる式典が行われる。

例年ならば、平民たちは宮殿への参拝は許されず、門を潜ってすぐの場所にある広場に集められ、王の言葉を拝聴することになっている。式典で貴族たちを前に話す王の声は、魔法で拡張され、姿が見えないまま、民衆に届けられるのだ。

だが、今回の式典はいつもと違っていた。

平民たちは貴族街の奥に建つ宮殿まで進むことを許され、王が直接民衆の前に姿を現すという。そして、反逆人オーギュストの蛮行により、長い間その存在を隠されていた真の王太子のお披露目があるというのだ。

この噂を聞きつけた人々は、今日のために一張羅を着込み、国王と王太子の姿を一目見ようと集まっていた。例年の数倍の人が押しかけ、中には遠くから何日も掛けてやってくる者もいた。

ケインもフリッツや厨房の仲間たちと、宮殿前の謁見台の前に集まっていた。人は溢《あふ》れ返り、辺りは身動きもできないほどになっていた。

王を騙《だま》し、我が子を王太子にすげ替え、また、先に生まれた子をも日陰に追いやっていたオーギュストは、爵位を剝奪され、王都から遠く離れた辺境の地へ送られた。オーギュストと共謀した元王妃、エレーナも、彼とは別の場所に蟄居《ちっきょ》させられた。今後彼らは、厳しい監視下に置かれ、行動の自由をいっさい奪われたまま、一生を過ごさなければならない。

オーギュストと対峙《たいじ》し、彼らの罪を暴き、己に掛けられた呪いの解術に成功したリヒトールは、あの瞬間から国王の息子、真の王太子の座を取り戻した。継承権を持つ者の筆頭として宮殿に入り、毎日多忙な日々を送っている。

オーギュストとエレーナの子だったジルベールは、可哀想《かわいそう》だが、王室から出ることになり、妃の実家へ送られることになった。王を裏切ったエレーナの実家は、爵位を公爵から子爵へ落とされ、領地も取り上げられた。今は王都から遠く離れた町へ移り住んでいる。

リヒトールが日陰の身から正式な王太子となってから、昼間に楡の木で待ち合わせて二人でランチをすることも、夜にケインが離宮に訪れることも、なくなってしまった。

リヒトールは次の国王の座を引き継ぐために、今までの二十六年間を取り戻さなければならないからだ。

半年足らずの間の、二人で過ごしていた濃密な時間は失われてしまった。寂しいと思うが、リヒトールのこれから背負うものの大きさを考えたら、仕方のないことだと思う。

それでも、リヒトールは忙しい合間を縫って、時々はケインに会いに来てくれた。夜中にこっそりケインの部屋を訪れ、他愛ないお喋りをする。ほんの僅かな時間だったが、ケインにとっては至福の時だった。それはきっとリヒトールも同じだろう。

出会った頃よりも、二人の立場の隔たりは大きくなってしまったけれど、リヒトールは変わらずケインに優しくしてくれて、戻るときには名残惜しそうにそっとキスをしてくれるのだった。

「そろそろお見えになるようだ」

誰かの叫び声につられ、皆が一斉に上を見上げた。お目見えの合図の鐘が鳴る。

謁見台の上に王が現れた。リヒトールは隣にいない。初めて拝謁する国王の姿に、民衆が沸き立ち、凄まじい歓声が上がった。

二ヶ月ぶりに見る王は、以前と変わらず威厳のある姿で立っていた。誰かの「全然太ってない」の声に、やっぱりそう思うのかと、ケインは可笑しくなった。

やがて王が朗々とした声で、挨拶の言葉を語り始めた。千年前に魔物からこの地を奪い、国として栄えてきた歴史を振り返り、今後も千年繁栄していくことを誓い、国民に祝福を送った。

王が両腕を広げ、空に掌を向けると、そこから光の粒が溢れ出し、民衆に降り注いだ。

金色の光の粒は広範囲に広がり、王の魔力の膨大さを目の当たりにした民衆が、驚きの声を上げた。

やがて光が消え、王が静寂を促すように片手を上げる。真の王太子の紹介をし、その者を招こうと、後方へと顔を向ける。

王の指す方向から、長身の男が姿を現した。ゆっくりと歩を進め、王の隣に並び立つ。

二人並んだ姿は、まさに圧巻だった。金色の髪をなびかせた王太子が、堂々と謁見台に立っている。

「我が名はリヒトール・シューゼンバッハ。我が国ユースフト王国の国王、レオンハルト・シューゼンバッハの長子であり、第一継承権を持つ者である。不運に見舞われ、長らく表の舞台に出ることがなかったが、この度皆の前に立つことを許された。今後は国王を支え、この国をより良きものとするために、この身を捧げることを誓おう」

涼やかな声が民衆の耳を打つ。力強い言葉は、聞く者に勇気と希望を与えるものだった。

「皆に祝福を」

先ほどの国王と同じように、リヒトールが両腕を大きく掲げた。両の掌から溢れ出る光は、眩《まぶ》しいほどに輝き、大量の光の雨となって降り注いだ。

「……凄い」

あまりにも膨大な光のシャワーに、民衆はポカンと口を開けて眺めていた。やがて誰かが「万歳」と叫び、興奮が徐々に周りへと広がっていく。

新しい王子の誕生に歓喜する人々の声は、いつまでも続いた。


式典が終わったあとは、宮殿での晩餐会が行われる。

ケインたちは厨房に戻り、その準備に大忙しとなった。前日から仕込みに入っていた料理が次々と完成され、会食の場へと運ばれていく。

ケインたちの数ヶ月に亘《わた》る研究により作り上げられたコンソメスープも、お披露目の日を迎えていた。

スープ皿に注がれた黄金色《こがねいろ》のスープは、顔が映るほどに澄んでいて、ほんの僅かの濁りもない。湯気と共に仄かに立ち上がる香りは、初めてこれを嗅《か》ぐ者には、きっと味を想像するのが難しいと思われるような、複雑な旨味《うまみ》を醸し出している。

「……気に入ってもらえるかな」

額に滲んだ汗を手の甲で拭いながら、コック長が不安そうな顔で、運ばれていくスープを見送った。

「絶対気に入ってもらえますよ。あれだけ時間を掛けて作ったんですから、美味しくないはずがありません」

ケインが太鼓判を押した。あれはまごうことなきコンソメスープだと、自信を持って言える。ケインは前世の記憶があったから、見よう見まねでなんとか近いものを作り上げることができたが、コック長始めここにいる人たちは、まったくゼロのところからあそこまで持っていった。

何かのきっかけ一つで、物事が激変することを、ケインはこの半年間で幾度も日の当たりにした。これからこの世界の料理は、どんどん変わっていくだろう。

「じゃあ、次の準備に入ろうか。パンは焼けているかい？」

コック長の声掛けで、厨房の人たちがキビキビと動き出した。

この変革は、きっと料理に限ったことではない。あらゆることが急速に変化していく予感を、立ち働いている仲間たちの真剣な顔を眺めながら、ケインは感じていた。

前菜からスープ、メイン料理と続き、デザートの仕上げに入った頃に、家令長が厨房にやってきた。

「コック長、それからケイン、王太子殿下がお呼びだ。会食の間に来るように」

家令長の言葉に、コック長の顔がざっと青ざめ、カタカタと震えだした。

「御不興を買ってしまった……！　何が悪かったんだろう。ケイン、どうしよう」

「コック長、お叱りとは限りませんよ」

突然の呼び出しに、ケインも驚いたのは一緒だが、自分たちを呼んだのは王ではなく王太子のリヒトールなのだ。きっと悪いことではないと励ますが、コック長は大量の汗を噴き出させ、お終《しま》いだ、もうお終いだと、絶望するばかりだ。

家令長と共にコック長を引き摺るようにして宮殿の晩餐が催されている広間へ赴く。

顔を出した二人に、テーブルを囲んだ大勢の人たちが、一斉に視線を寄越した。最奥の席の近く、国王のすぐ側に座っていたリヒトールが二人を呼ぶ。大事はないと信じていても、リヒトールのもとへ進んでいく二人を無言で追う視線に、ケインも冷や汗をかいた。

こんな大仰な場に呼ばれたことに、ケインたちも恐怖だったが、周りの人たちも困惑しているようだ。口にこそ出さないが、場違いな平民の登場に、あからさまに不快な表情を浮かべる者も多い。

「忙しくしているところを呼び出して済まなかった。どうしても一言言葉をかけたくて、おまえたちを呼んだのだ」

既にメインの食事は終わっていて、テーブルの上にはデザートが運ばれていた。柑橘を絞った汁を、砂糖と一緒に加熱して凍らせたソルベに、プリンを並べ、カットフルーツで周りを飾ったプリン・ア・ラモードもどきだ。

建国記念の晩餐会にプリンはないだろうと思っていたケインだが、これはリヒトールからの熱烈なリクエストを受けて出したものだった。

「今日はそなたたちの料理を堪能した。ここ半年ほどで食卓が随分豊かになった。これもそなたたち王宮で働く者の弛《たゆ》まぬ研鑽の成果だ。このデザートも素晴らしい」

そう言ってリヒトールがスプーンで掬ったプリンを口に運び、満面の笑みを浮かべている。

「来賓の方々も、珍しい料理に皆驚いていたぞ。特にコンソメスープ。……あれは晴れやかな空の高さ、或いは澄んだ泉のごとき深遠さを思わせ、一口含んだあとは、この耳に豊かなハープの音色が響き渡り……」

滔々と語っている意味はよく理解できないが、どうやら美味しかったと言っているようだ。

リヒトールの言葉に促されるように、周りの人々もスプーンを手に取り、デザートを食べ始める。頷いたり唸ったり、目を見張ったり、それぞれ表情は違っているが、喜んでいるようなのは確かだった。

「今後、このような素晴らしい技術を王宮だけに留めておくのは惜しいと思うのだ。これからはこの技術を、他の地域にも広めていくべきだと思っている。貴族街や、もちろん城下、領地の隅々まで行き渡るよう尽力しよう」

晩餐の席で味わった料理が、自分のところでも味わえると聞かされた者たちは、期待の籠もった笑みを浮かべたが、すぐそのあとに、平民たちにも分け与えるという言葉を聞き、驚愕の表情を浮かべた。何故そんなことをしなければならないのかと、意味が分からないという顔をして、リヒトールを眺めている。

リヒトールはそんな彼らの責めるような視線に、微塵《みじん》も動揺する素振りを見せず、鷹揚な笑みを浮かべていた。

「そなたたちの働きに我々は感謝する」

続けて放ったリヒトールの言葉に、ざわめきが起こった。王太子が平民に謝辞を述べるなど、今まで一度もなかったことだ。

「この素晴らしい料理は、そなたたちが作り出し、私たちに提供してくれたものだ。そなたたちがいなければ、我々はこれを口にし、味わうことは叶わなかった」

自分たちは魔法を使うが、平民たちはそんな力がなくても、こうして素晴らしいものを作り上げたと、リヒトールが笑顔で語る。

「我々はそなたたちの生み出したものを領地全域に広め、発展させ、守っていかなくてはならない。そのための努力を惜しまないことを、ここで約束しよう。そなたたちにも是非、協力してもらいたい」

上からの一方的な命令ではなく、協力を求める姿勢は、王族が見せる初めてのものだった。

辺りはまだ動揺をしているが、最高権威である国王が何も言わないため、黙ったまま王太子の言葉を聞いているようだ。

「……確かに。これほどのものを作るのは、魔法を使っても無理であるな。それに、料理人たちにここを去られてしまっては、我々が困るのか」

リヒトールと同じようにプリンを口にした国王が、そう言って微苦笑のような表情を浮かべた。

リヒトールが王太子として宮殿に入ってからの約二ヶ月間で、二人は話し合いを幾度も持ったのだろう。長年培われた王族としての意識は、一朝一夕で変わるものではないが、今味わっているこの食事が、誰によってもたらされたものなのかを、王は初めて認識したのだろう。

「朕からも言葉を送ろう」

そう言って国王がケインとコック長に顔を向けた。

「本日の晩餐は見事な味わいだった。あのコンソメという黄金のスープには驚愕させられた。真に美味であったぞ。朕からも礼を言う」

国王の言葉に、ケインはコック長と共に深々と頭を下げる。国王からのお褒めの言葉をもらったのは今回で二度目だったが、最初のあのときよりもずっと心に染みた。

隣にいるコック長の肩が震えている。ここに呼び出されたときにも震えていたが、今はきっと違う気持ちでそうなっているんだろう。

懸命に嗚咽を堪えているコック長の横で一緒に頭を下げながら、ケインの口元には、自然と笑みが浮かんでしまうのだった。


晩餐会の夜、ケインは無事に仕事を終えて、自分の部屋に戻っていた。

厨房の連中は、まだ仕事場で飲んでいるのだろう。ケインも誘われたが遠慮した。こっちの世界では十六歳は成人なので、なんの気兼ねもないのだが、『お酒は二十歳になってから』のフレーズが抜けず、なんとなく気が引けるのだ。

ベッドに仰向《あおむ》けになって、今日の出来事を思い起こした。あれから厨房に戻ってきたコック長は泣き崩れていた。よほど嬉しかったのだろう。リヒトールにすっかり心酔し、何があっても彼についていくと宣言した。

「それにしても、あれはとても上手い方法だったな。流石だ」

今まで意識にも上らなかったことに対し、いくら言葉や文字でその大切さを訴えても、ピンとくるものではない。あの場面での訴えだったからこそ、周りの人たちが聞く耳を持ったのだ。王族や貴族たちを納得させ、そのうえ平民のコック長の心を摑んだあの演出は、見事だったと思う。

「イケメン過ぎだよ、リヒトール様」

出会った頃から柔軟な思考の持ち主だった。あれは隔絶された環境にいたから、王室の教えでガッチリ固められずに済んだからなのかもしれない。

今日の晩餐会での堂々とした美丈夫振りを思い出し、ケインは枕を抱いた。今頃彼は、晩餐会後のパーティに出席しているはずだ。

「……キスしたいな」

以前のように会いたいときにすぐに会いに行けないのが切ない。

「猫になれたら、ピュッて走って行って、ピャッて膝に飛び乗って、ゴロゴロ言わせてもらえるのに。いや、猫だとキスできないんだけどさ」

せっかく呪いが解けたのに、都合のいいことを願ってしまうのだから、どうしようもない。

——ケイン。

そのとき、頭の中でリヒトールの声が響いた。

いつかオーギュストと対峙したときに、聞こえてきたあのときと同じだ。

ケインはガバリと起き上がり、頭の中に響いてくるリヒトールの声に耳を澄ませた。

——ケイン。楡の木の下へおいで。待っている。

ベッドから下り、ケインは部屋から飛び出した。

指定された楡の木の所まで行くと、リヒトールが待っていた。

ケインが猫だったときと同じように両腕を広げ、ケインはその中へ飛び込んでいく。

「どうしたんですか？　パーティは？　まだ続いているんでしょう？」

ケインの矢継ぎ早の質問に、リヒトールは笑顔のまま「放ってきた」と言うので驚いた。

「重要な挨拶は済ませてきた。ここのところずっと忙しかったのでな、解放してもらったのだ。明日からはまた忙しくなるから」

この時間に自由をもらうことは国王も了承済みだからと言って、リヒトールがケインの手を取った。

「離宮へ行こう。久し振りにおまえとゆっくり過ごしたい」

嬉しい誘いに断る理由もなく、二人は離宮に向かって歩き出した。

夜の森は暗く、時々木々の合間に月明かりが届くだけだ。猫のときにはなんの苦もなく走り抜けていた道も、今は足元がよく見えず、気をつけながら歩かなければならない。

「トーチ」

リヒトールが手を翳すと、ポウ、と明るい球体が手の上に浮かび上がった。

光に誘導されながら、夜の森の中を、手を繋いで歩いて行く。

やがて、懐かしい離宮の建物が見えてきた。窓の明かりはすべて消え、誰もいないのか、ひっそりとしている。

中に招き入れられると、本当に誰もいなかった。出迎えの従者も姿を現さない。

「今日は私一人にしてもらった。以前から最低限の人数しか働いていなかったからな。一人でも慣れたものだ」

そういえば、初めてここを覗いたとき、リヒトールは自分のためにお茶を淹《い》れ、自ら運んできていた。上物は立派だが、二十六年間、ここでひっそりと過ごさなければならなかった王太子の孤独を、今更ながら感じ取る。

「向こうは賑やか過ぎてな。何をしようにも手を出してこようとするので、戸惑うばかりだ」

それでもここは、リヒトールにとっては長年住んでいた安寧の場所なのだろう、「静かで落ち着く」と言って、機嫌好さそうに屋敷の中を見回すのだった。

いつもの書斎ではない部屋に通される。パチリとリヒトールが指を鳴らすと、魔石のシャンデリアに灯が点った。明るくなったここは、コの字形にソファが並ぶ、広いリビングルームだった。

「ワインを持ってこよう。それともお茶がいいか?」

「あ、じゃあ、ワインで」

『お酒は二十歳になってから』は、こちらの常識ではないので、あっさりと主旨を変えるケインである。

リヒトールがイソイソとした様子でワインの準備をしている。「客を招いたのは初めてだ」と嬉しそうに言うので、切なくなった。

斜向《はすむ》かいになる形でソファに座り、ワインを飲んだ。晩餐会でもパーティでも飲んでいたはずだが、リヒトールは顔色も変わらず、いつもの物静かな表情をしている。

「今日の晩餐会でのお言葉、ありがとうございました。とても嬉しかったです。コック長なんか、大泣きしていましたよ」

懸命に仕事に取り組み、それを認められることは、得がたいほどの幸福感を生むことを、リヒトールはちゃんと知っていて、ケインたちに褒美を与えてくれたのだ。

「おまえのお蔭だよ。以前言っていただろう？」

せっかく作ったのだから感想が欲しい、一方通行は虚《むな》しいと。その通りだと思ったから実行したと、リヒトールが涼しい顔をしてそう言った。

「おまえとのやり取りのどれをとっても、私には新鮮で、新しい発見となった。料理に関してもそうだ。幾度も目を覚まされる思いをした。あの呪いは忌むべきものだったが、あれがなければおまえと親しくなれていなかったと思えば、それすらよかったと思えるのだ」

ケインと出逢えてよかったと、そう言って深い眼差しを向け、「ありがとう」と言った。

「何もかもケインのお蔭だ。感謝する」

「そんなことないです」

「いいや。おまえとの出逢いがなかったら、私は今こうしていない。あの呪いのことも半ば諦め、何も考えず、何も感じない人生を続けていただろう」

大袈裟なことをと、はぐらかすことはしなかった。リヒトールの言葉は、心からそう思ってのものだということが、真摯《しんし》な瞳から伝わるからだ。それに、リヒトールに変化をもたらしたのは、自分との出逢いだと、ケインも確かに思えた。そう思えることが嬉しく、最高の誉れだと思う。

「リヒトール様、……側に行ってもいいですか？」

ケインの願い出に、リヒトールが笑って両腕を広げた。ワイングラスを置き、ケインはその中に入り込むように寄り添う。身体を預けているケインの髪を、リヒトールが撫でてくれた。喉元を指の背で擽られる。「ごろにゃん」とわざと言ったら、リヒトールが笑った。

「なんと可愛らしい猫だろう」

顎先を掬い取られ、キスをもらった。

今まで会うたびに交わしていたキスは、すぐに深いものになっていく。最初の頃は、おっかなびっくりだったリヒトールの舌先は、今は口内の奥まで入り込み、ケインの舌を搦《から》め捕る。軽く吸われ、舌を連れていかれた。水音が立つ。頭の芯が痺《しび》れるように心地好い。

初めてキスを交わしたときに狼狽《ろうばい》していたことなどなかったかのように、リヒトールの情熱的な口づけは、ケインを翻弄する。

「ん……、ん……」

腕に摑まり、縋り付きながらリヒトールのキスを受ける。身体が蕩《とろ》け、下半身が疼いた。

「リヒトール様……」

腕を回してリヒトールの首を抱いた。密着させた身体にリヒトールの熱情があたった。彼も興奮していることに嬉しくなるが、リヒトールはケインの腕を解《ほど》き、身体を遠ざけようとする。

キスは覚えたが、その先のことへは未《いま》だに抵抗があるようだ。これまでの王族の教えに加え、獣の「発揚」を経験した彼は、より強い嫌悪感と戸惑いがあるのだろう。ケインが発揚したときに「浅ましい」と言ったのも、あれは自分に投影しての言葉だったのだろうと、今なら思う。

キスだけでも十分嬉しいし、こうして一緒にいられるだけで幸せだとも思う。だけど、好きな人に欲情することを「悪いこと」だと思っているのなら、そうじゃないと教えてあげたい。

離れてしまったリヒトールの腕を取り、自分の口元に持っていく。指先にキスをしてから、その手をシャツの上に誘導した。シャツ越しに肌を撫でてもらい、そのまま下腹部へ滑らせていく。

リヒトールが驚いた顔をして、ケインは恥ずかしさに唇を噛む。だけど知ってほしいのだ。自分が彼を求めていることを。

「平民だからじゃないです。人間だから、……好きな人に触ってもらいたいし、触りたい」

膨らんでしまったそこにリヒトールの手を置いた。

「あなたが欲しくてこうなっています。これは、野蛮なことでも、忌まわしいことでもない。自然な感情です。こういうのを……愛し合うっていうんです」

茫然としたまま、リヒトールがケインに誘導される。シャツの上に置かれた掌が、ケインの腕に導かれ、移動していく。布越しにリヒトールの体温が伝わり、それだけで溜め息が漏れた。

「……凄く、気持ちがいい。触れてもらって、嬉しい……」

ケインの声を聞いたリヒトールの手が、意思を持って動き始めた。ケインの肌の感触を確かめるように、ゆっくりと撫で擦る。下半身の部分を試すように撫で上げられると、「……ん」と、思わず声が上がった。それを聞いたリヒトールの動きがまた変わる。いつもの猫を可愛がるようなものとは違った、官能的な動きだ。

触ってもらいながら、両腕を伸ばしリヒトールを招き入れた。ソファに座るケインの上にリヒトールが被《かぶ》さり、キスを交わす。

シャツをたくし上げると、リヒトールの手が中へと入り込んできた。掌が熱い。自分を見下ろす青い瞳に、いつもとは違う色が見える。

「おまえを欲してもいいのか……？」

リヒトールの問いに、ケインは吐息とキスで答えた。

寝室のベッドの上で、抱き合った。

二人とも衣服を脱ぎ去り、お互いに生まれたままの姿だ。

リヒトールの手がケインの素肌の上を滑る。試すような、窺うような、ぎこちない動きでケインを可愛がる。

「ふ……、ん、ん……ぁ」

触れられるだけで熱が上がり、喘《あえ》ぎ声が漏れる。他愛なく感じてしまうことが恥ずかしいが、羞恥がリヒトールに伝わってしまえば、彼はすぐに手を引いてしまうだろう。

だから素直に声を出した。嬉しいのだと、もっと触ってほしいと、声と仕草でリヒトールに訴える。

「キス……ほし……」

ケインの願いを聞き届けようと、リヒトールがキスを落とす。舌を絡め合いながら、リヒトールも甘い溜め息を吐いていた。

上に被さるリヒトールの肌がケインのそれと密着している。しっとりとした感触が気持ちよく、自然に声が溢れた。

「……心地好さそうだ」

ケインのそんな様子を見つめ、リヒトールが微笑んだ。素直なケインの反応が嬉しいみたいだ。喜んでいるリヒトールの様子を、ケインも嬉しく思う。

「これが愛し合うということか。そうか。……いいものだな」

リヒトールが囁《ささや》き、耳元にキスを落とす。耳への刺激に感応して、ビクン、と身体が跳ねると、リヒトールが不思議そうにケインの顔を覗いた。

「ここは触られるのが嫌か？」

「……そうじゃ、ないです。ここ、弱いみたい」

「弱い？」

確かめるように再び耳にキスをされたら、また身体が跳ねた。自分でもここが感じると知らなかったので、激しく反応してしまったことに驚く。

「弱くないぞ？　気持ちよさそうだが。ほら」

舌で擽って、軽く食《は》まれると、「んんぅ」と、むずかるような声が上がり、背中が反る。

「それが、……弱いって、言ってるんです」

「弱いのは気持ちがいいということか」

「聞かないで……」

「しかし、聞かないと分からない」

真面目《まじめ》で研究熱心なリヒトールは、どう弱いのか、どうすればもっと弱まるのかを実験し始めるからたまらない。

唇を押し当てたまま舌先が耳に入り込むと、グジュ……と、水音がダイレクトにケインの中に響き、「はぁ……ん、んぅ」と、一際甲高い声が上がった。ケインの反応に気をよくしたリヒトールがそこばかりを責めるので、ベッドの上でビクビクと魚のように跳ねてしまった。

「他にも弱いところはないか？」

「……分かんないです」

情愛を交わすことの楽しさを知ってほしくて積極的に誘ったケインだが、自分だって経験はないのだ。

ケインの返事を聞いたリヒトールが、何処が弱いのかを自分で探し始めた。耳を擽り、肌を撫で、ケインが反応するとそこを執拗《しつよう》に弄《いじ》るようになった。

「あ、……ゃ、……んん。ん、ぅ……」

胸の突起を指先で撫でられたら、また声が上がった。それを確かめたリヒトールが、指の腹でスリスリと撫でてくる。

「育ってきた。これは気持ちがいいから腫れるのだな」

「そう。……でも、あんまり……触っちゃ……」

拒絶をしたら申し訳ないと思う一方で、自分ばかりが喘がされて、流石に恥ずかしかった。

リヒトールの腕から逃げ出して、背中を向けると、後ろから伸びてきた手で羽交い締めにされ、また責められた。

「は、……駄目……、んんんぅ」

「弱いのだろう？」

「……そうです、けど……っ、はぁ、……ぁん」

両方の手で胸を弄りながら耳を食まれ、嬌声が上がった。背中が反り、リヒトールの手に自ら胸を押しつけるような形になってしまい慌てるが、逃げようとするたびに耳を攻撃されるので、上手く逃げられない。

ケインを後ろから抱きながら、リヒトールの唇が動き回る。うなじを噛まれた。両方の胸の粒を触っていた片方が蠢きだし、腹を伝い、膨張したそこへ向かい始めた。

「リヒトール様、……リヒトールさ、ま……」

「……嫌か？　触ってみたいのだ」

散々身体を撫で回されて、ケインのそこは、完全に育っていた。

「よいか……？」

後ろから伺いの声がする。懇願に近いその声に、ケインは観念して小さく頷く。許可を得たリヒトールの指が、ケインの劣情を柔らかく包んできた。

「っ……あぁっ」

今までで一番大きな声が上がった。顎が上がり、口が閉じられない。

「濡れている」

包んだそれをゆっくりと動かされ、意思とは関係なしにケインの腰が揺れた。

「嫌……じゃ、ないですか……？」

リヒトールの手が、ケインが零《こぼ》した蜜液で濡れていた。嫌悪を持たれたら辛いなと思う。

「嫌なものか」

その声を聞いて、ホッと安堵の溜め息を吐いた。

「嫌だと思うはずがない。むしろ私も……心地好い。おまえの喜ぶ姿が嬉しいと思う」

「よかった……」

ケインを可愛がりながら、リヒトールがケインの背中に顔を押しつけ、「ああ」と声を発した。太腿《ふともも》にリヒトールの劣情が当たっている。触れられないまま硬く育ち、それは濡れていた。

「ケイン……、ああ、ケイン」

ケインの名前を何度も呼び、リヒトールが苦しそうに呻く。ケインに愛撫を施し、痴態を眺めながら、リヒトールも限界まで高まっているのだ。

「おかしい。制御できるはずなのだ……。もう、獣ではなくなったのに。ああ……、どうやって鎮めたらいい」

リヒトールが苦しみながら、戸惑った声を出す。やはり彼らは性の情動を魔力で抑え込んでいたのだ。それが今は上手くいかないらしい。

「……ああ、ケイン、……っ、く……」

初めてのことにどうしていいのか分からないのか、リヒトールが泣き声に近い声を上げ、己の情動を抑え込もうと闘っている。

ケインはゆっくりと身体を反転させ、リヒトールのほうへ向き直った。目の前にいる人は、先ほど上げた泣き声と同じ情けない顔をして、ケインに救いを求めるように見返してきた。

身体を倒し、リヒトールの膨張したそれを口に含む。

「っ、……！　ケイン。何をする……っ、く……」

呑み込まれたリヒトールが驚きの声を上げるが、構わず舌を絡ませる。押し殺した声が上から聞こえた。戸惑いながらも強く拒絶をしないのは、ケインの与える快感に抗《あらが》えないからだ。

「ふ、……っ、ふ……、あ、は、ぁ……、あぁぁ」

拙《つたな》い愛撫なのに、リヒトールが喘いでいる。気持ちよさそうなその声を聞いたら、ケインの下腹部も切なく疼いた。

リヒトールの雄芯を咥《くわ》えながら、ケインは自分の後ろへ腕を回し、指を入れて、中を解《ほぐ》していく。初めて受け容れたそこは、自分の指でも違和感が凄まじかった。だけどリヒトールを喜ばせたい一心で、ケインは自分の中にそれを埋め込み、抜き差しを繰り返す。

ケインの口から唾液が溢れ、グジュグジュと淫猥な音が鳴る。その音に混じり、リヒトールの声がした。

十分に濡れたことを確認し、ケインは身体を起こした。浸りきっていた快感に突然去られ、リヒトールが茫然とした顔でケインを見つめた。ケインは微笑み、彼の上に跨《また》がる。

「……何を？」

出す声が幼なかった。性交を知らず、だけど初めて知らされた快感に従順に従うリヒトールが可愛らしいと思った。

自分の口で濡らしたリヒトールのそれを手で支え、ゆっくりと腰を下ろしていく。

「ん、……ん」

蕾《つぼみ》がこじ開けられ、ほんの先端が入った。だけどそれ以上は呑み込めず、先に進めない。

「ふ、……ふっ……」

息を吐いて力を抜き、もう一度腰を下ろす。中が引き攣《つ》れ、痛みが走った。涙目になって必死に呑み込もうとするケインを、リヒトールが見つめている。

「……無理だ。おまえのここは狭すぎて、怪我《けが》をしてしまう」

ケインの腰を掴み、リヒトールが身体を離そうとした。ケインは首を振り、必死に続きをしようと試みる。

「ケイン……」

「受け容れたかったんです。リヒトール様に喜んでほしかった……」

知識は浅く、経験は皆無で、それでも好きな人にもっと喜んでほしくて頑張ってみたのだが、思ったようにできない。

「俺も欲しいと思ったのに。……ごめんなさい。もう一度、口で……」

繋がるのは無理だと諦め、ケインは再びリヒトールを喜ばせようと、彼の前に陣取ろうとしたら、腕を摑まれ、引き留められた。

「そのままで」

「え、でも……」

いくら頑張ってもたぶん無理だ。それなのにリヒトールはケインにそのまま上にいろと言う。戸惑っているケインの後ろにリヒトールの指が伸びてきた。

「リヒトール様……っ」

まさか彼にそこを触れられるとは思わず、大きな声を上げたら、リヒトールは笑い、「私に任せろ」と言った。

指先がそこに辿り着くと、ツプリとそれが入ってきた。

「んっ」

自分でしたときよりも強い異物感に、思わず眉が寄る。まだ指先程度なのか、もっと奥まで入っているのか、感覚が分からない。

「信じて委ねろ」

リヒトールの声に小さく頷き、目を瞑って耐える。そのうち、そこがじわじわと温かくなってきて、異物感が消えた。埋め込まれた指の感触は分かるが、自分の中が柔らかくなったような気がする。

「あ、……魔法？」

ケインが聞くと、リヒトールがニッコリと笑った。

「もう一度来てみるか？　今度は平気だぞ」

指が抜け、腰を持ち上げられた。さっきと同じように、自分のそこへリヒトールの劣情を宛《あて》がい、ゆっくりと腰を下ろしていく。

さっきはあれほど反発があったそこが柔らかくなっていて、リヒトールのペニスを簡単に呑み込んでいく。圧迫感はあるが、痛みも不快感もない。

不思議な感覚を味わっていると、目の前の人が溜め息を吐いた。

「入っています」

「ああ、……分かるぞ。おまえの中に入っていく」

キスをねだられて、唇を重ねた。体重に任せて呑み込んだそれが、最奥まで辿り着く。

「ゆっくり……動きます」

「ああ」

ぎこちない動きで腰を上げ、それからまたゆっくりと沈めた。リヒトールが喉を詰め、小さく喘いだ。呑み込み、引き抜き、また呑み込むという動作を繰り返し、徐々に速さを増していく。

「……ああ、ケイン……ぅ、く……、は、あ、はぁ……あぁあ」

腰に当てられたリヒトールの指が、肌に食い込む。声を出すまいときつく口を結び、だけど堪えきれずに、リヒトールが声を上げる。

たどたどしいケインの動きなのに、感じてくれているのが嬉しかった。動きながら唇を重ね、そうしながら更に腰を揺らした。

「あ、あっ、……リヒトー……ルさま……、んんぅ、んん、ぁん」

自分の中心がリヒトールの腹に付き、動くたびに擦られ、ケインも喘ぎ声を上げた。リヒトールの魔法のお蔭で痛みはまったくなく、感じるのは征服されているという感覚と、胸が締め付けられるような幸福感だ。

「ケイン、……ケイン……ッ、ああ、ケイン……」

やがてリヒトールの息が上がり、強く抱き締めてきた。突き上げるように力強く律動し、また声を放つ。

「ああ、……ああ、ケイン、はあ、あっ、はっ……は」

激しく突き上げられ、必死についていく。リヒトールの腹に押しつけられたケインのペニスは揉みくちゃにされ、快感が増す。

二人で獣のように声を放ち、腰を揺らめかせ、口づけを交わす。激しく情交を交わしながら、やがて限界が訪れた。

「んんっ、あっ、ああ、ああっ、……もう、リヒトール様、……もう、も……は、あっ」

大きく仰《の》け反り、天井を仰いだ。目の前で光が弾《はじ》け、金色の雨が降る。

「ああ、あああ、っ……あ――っ」

果てたのはほとんど同時だった。リヒトールが深く突き入れ、そのまま止まった。腹に温かいものが流れ込む感触がする。リヒトールはケインを抱き締めたまま、荒い呼吸を繰り返していた。

やがて、呼吸音が静かになり、そのあと大きく一つ、リヒトールが息を吐いた。

「これが営みというものか。愛し合う者同士の」

無垢な青い瞳が問うてきて、ケインは「そうです」と、頷いた。

「王族は馬鹿だな。どうしてこれを野蛮だなどと、忌み嫌うのか。これほど尊く、得がたいほどの幸福感を与えてくれるものなのに」

ケインもそう思った。心と共に、こうして身体を重ねる行為は、二人の仲をより深く、強い絆で繋ぐことなのだと、自身で経験した今、そう確信した。

「あまりに心地好くて、つい祝福をしてしまった」

「え」

さっき金色の光が見えたのは、恍惚が見せた目の錯覚ではなかったのか。

「無意識のうちに魔力が溢れ出てしまったようだ」

リヒトールは己の熱情を解放させると同時に、あのお披露目の式典のときと同じ、祝福の雨を降らせてしまったらしい。

「それ、大丈夫なんですか？」

「特には。まあ、だいぶ大量に降らせてしまったから、宮殿にまで届いてしまったかもしれん」

「それって何があったのかって、向こうで騒ぎになるんじゃ……」

昼間のあれも相当な光の強さだったが、夜の今はもっと目立つことになるのではないだろうか。

「今日は建国記念の式典もあったことだし、大目に見てもらおう」

「それで済むならいいですけど」

「だって仕方がないだろう？」

気持ちがよすぎて我を忘れたと、阿《おもね》るような目を向けて、リヒトールがキスをしてくる。

誤魔化そうとしているようだ。

随分年上の人なのに、さっきからリヒトールが可愛くて、思わず顔が緩んでしまう。

「笑っているな？」

「はい。リヒトール様が可愛らしくて」

ケインの返事にリヒトールが目を丸くし、それから「そうか。可愛らしいか」と口元を綻《ほころ》ばせた。ちょっと嬉しそうなのがまた可愛い。

「ケイン」

笑っていたリヒトールが急に表情を引き締め、ケインを呼んだ。

「おまえに命ずる」

「はい」

「私の伴侶となり、今後は私と共に生き、私を支え、私を愛せよ」

突然のプロポーズめいた言葉に、返答の言葉を見つけられず、ケインは無言のまま、目の前にいる人を見つめた。

黙っているケインに、リヒトールが眉を下げた情けない顔をして「駄目か……？」と言うので慌てて首を横に振る。

「え、いや、駄目じゃないです……！　っていうか、でも、駄目なんじゃないですか？」

リヒトールはこの国の王太子で、将来は国王になる人だ。今二人でこうしていられることは、とても幸運なことだと思うが、いずれ彼は正式な妻を娶《めと》り、子をもうけなければならない。それは、愛情で乗り切れるような問題ではない。

「あなたはいずれ子をなさなきゃいけない。俺には無理だから……」

「何故無理なのだ?」

「え?」

あまりにも軽い口調で問われ、ケインは呆《ほう》けた声を上げた。

「お互いの魔石を融合させ、新しい魔石を生み出せばよい」

「俺、魔石持ってませんよ?」

「何を言う。魔石を持たずにどうやっておまえは魔法を使っているのだ」

「え……?」

リヒトールが言うには、魔法が使える者は、その者の体内に必ず魔石を内包しているのだという。ケインにも王族たちほどの強い魔力を持つものではないが、確かにあると言った。

「それに今、おまえと身体を繋げたとき、確かに魔石の存在を感じたぞ」

「そうなんですか……」

魔力を持つ者が、どういう仕組みでその力を得ているのかはまったく知らなかった。平民の誰もが知らされていないと思う。あれは王族や貴族の特権で、たまに平民の中で生まれるのは、突発的なおまけみたいなものだと思っていた。

「おまえのその魔石と私のそれとを融合させれば、新しい魔石を生み出せる。私の魔力をつぎ込めば、相当強力なものとなる」

「そうなんですか?」

初めて聞く話ばかりで、ケインは面食らうしかない。

「オーギュストがあの身分であれほど強力な魔法を使ったのだぞ？　王妃の魔力を譲渡されたのに違いないではないか」

魔石を融合させるには、近い魔力の者同士でしかその行為は成立しない。オーギュストは王妃と秘密裏に婚姻を結び、ジルベールを生み出す際に、妃から魔力を受け渡されたのだ。

二人がやった行為は貴族の間ではあまり推奨されるものではない。何故なら簡単に己の魔力を他人に手渡せば、貴族間の力関係が簡単に崩れてしまうからだ。従って高位の貴族は下位の者に魔力を分け与えたりはしない。王族も同じだと、リヒトールが貴族たちの力関係の保持について詳しく教えてくれた。

「だが、禁忌ということではないのでな。魔力の譲渡はできるはずだが、おまえには必要がないかもしれない」

未だに身体が繋がったまま、リヒトールがケインを抱き、「今、融合が起こっている」と言った。

魔石を通して魔力の融合を行うのがリヒトールたちの常識で、ずっとそれを信じてきた。だけどケインと今こうして身体を繋げることで、自分の魔力がケインに流れているのを感じるのだと、リヒトールが言った。

「え、それって大変じゃないですか。俺、リヒトール様の魔力を吸い上げている？」

慌てて身体を離そうとするのを引き留められた。

「それが、不思議なのだが、こちらの魔力が減っている感覚がない」

身体を繋げ、ケインに魔力が流れていくのを感じたが、その後ゆっくりと循環し、戻ってきている感覚があるという。

「それもおまえの中で交わり、私の中へ戻ってくるときは、新しいものに変わっている。力が減ったというのではなく、新しいものが流れこんでくるようだ。それは、決して悪いものではないのが分かる」

リヒトールにもよく分からないのか、首を傾げている。魔力の譲渡をしたことがないから、これが特別なことなのか、他の者にもあることなのかの区別がつかないと言った。

「自分の経験による推測だが、魔石を使っての魔力の融合よりも、こうしてお互いの身体を繋げた行為のほうが、より強力で、上質な魔力が生み出せるような気がする。何故皆は、これを行わないのかと、不思議に思う」

リヒトールの話を聞いて、王族や貴族たちが、魔法で性欲を制御してまで、頑なにセックスを行わないことの意味が分かった気がした。

これは、壮大な時間と手間を掛けた、一種の洗脳なのではないだろうか。

力の均衡が崩れ、下手をすれば下剋上が起きてしまう事態を回避するために、セックスは野蛮だ、出産は貴族のする行いではないという考えを、植え付けたのではないだろうか。

恐ろしい計画だと思う。いったい誰がこんなことを考え出したのか。下剋上が起こったら一番困るのは、……国の最高権力者なのではないだろうか。

千年の時間を掛けて、揺るがない地位を確立するために、人々を洗脳する。あり得ないことではないと思う。

「だからケイン、どうだ？　私の伴侶になってはくれないか」

考え込んでいるケインの前では、リヒトールが説得を繰り返す。

「婚姻については、これから王や周りの者を説得していこうと思う。私はまだ王太子の身だ。王も健在で、これからの道のりは長い。それまでにこの国の法を変える努力をしよう」

王国の歴史を、誰がどんな考えで動かしたかなんて、ケインには分からない。今考えついた洗脳のことだって、想像の域を出ない。正解なのか、別の理由があったのか、それは誰にも分からないのだ。

「共に生きてくれると約束をしてくれるなら、私は努力できる。ケイン、どうか私の求愛を受け入れてくれないか」

目の前の人が、愛する者を手に入れようと、懸命に言葉を尽くしている。

「おまえと出逢えたから、私はこの国の未来を考えるようになった。おまえが幸福に暮らせるような国を、私は築きたいのだ」

先のことは分からない。

「だからどうか、私の手を取ってくれ。ケイン、おまえを愛している」

今はただ、目の前にいる人を愛し、大切にしようと思うだけだ。


ガタガタと大きな音を立てながら、馬車が道を走っていく。

デコボコ道は馬車を大きく揺らし、そのたびに身体が跳ね、それが十日以上も続いたため、足も尻もガタガタだった。

だけど見知った景色が見え始めると、ケインは痛みも疲れも忘れた。首を伸ばし、少しずつ近づいてくる生まれ故郷の風景を、瞬きもせずに見続けた。

やがて小高い丘が見えてきた。天辺に楡の木が立っている丘は、村の目印となっている。

その光景を目にしたとき、ああ、帰ってきたと実感した。

更に馬車が進んでいくと、丘の上、楡の木の下に人が立っているのを見つけた。向こうもこちらを見つけたらしく、手を振りながら丘を駆け下りてくる。

「兄さん！」

「テオ！」

お互いを呼び合い、ケインは馬車が到着するのを待ちきれずに飛び降りた。

弟がケインの胸に飛び込んでくる。少し背が伸びたのか、抱き締めたときの頭の位置が高くなっていた。

「お帰りなさい」

この村を出立してから十ヶ月が経っていた。王宮から長い休暇をもらい、ケインは里帰りをしにきたのだ。

「父さんと母さんが待っているよ。早く帰ろう」

弟に手を引かれて、我が家への道を歩いていく。

王宮での出来事は、事前に知らせてあった。呪いが解けたことも、もちろん一番に手紙で知らせた。両親も村の人たちも、とても喜んだと聞いている。

「今、橋を新しくする工事をしているんだよ。随分立派な橋なんだって！　父さんが作っているんだ」

家に続く道を歩きながら、テオが村の情報を教えてくれた。

「村の人たちもたくさん働きに行っている。工賃もちゃんと出るから助かってるんだ」

各地の村や町の道や施設を、順番に修繕していこうとする事業が始まっていた。公共事業として、各地の領主が責任を持って取り組むことになっている。そこに暮らす平民たちの要望や苦情を纏め上げ、優先順位を決めながら、進めていくのだ。

各貴族たちが治めている領地は、基本的に領主の裁量に任せている。国は広大で、今までは王都から目が届かないこともあり、なおざりになっていたのだが、貴族街にいる者たちに役職が与えられ、各地の詳細を調べ、必要があれば視察を行うことが取り決められた。意見書や要望書は広く平民からも集められることになり、それは現地を飛び越えて、直接王都に届くようになったので、その場で握り潰すことができず、貴族たちが慌てることとなった。

現地から意見書を集めて回る役人は、各地を転々と飛び回らなければならず、時には問題のある場所へ直接赴き、簡単な修繕などはその場で行うこともある。なにしろ彼らは魔法が使えるのだから、利用しない手はない。

平民の暮らしになどまったく興味のなかった貴族たちが、直接平民からの苦情を聞いて回る。要望は多岐に亘り、王国に住む平民の数は膨大だ。彼らの陳情をすべて聞いて回るのは、大変な激務であり、また貴族にとっては耐えがたい苦行のようだ。

その大変な役割を、オーギュスト元男爵と、元妃エレーナが主に担わされていた。

ユースフト王国には死刑制度はなく、また幽閉生活を送らせるのは勿体《もったい》ないということになったのだ。反逆者である二人は、幸い魔力が強大であり、その力を国のために使えと、国王の命令のもと、働かされているのであった。

そしてケインの故郷のある地域の橋の修理と道の整備に、いち早く取り組むことになり、今は工事が為されている。これは、王宮に於けるケインの働きが認められ、その褒美としてケイン自身が国王に願ったことだった。

「兄さん、向こうで凄い活躍をしているんだって？　ジョゼフさんが自慢してたよ。なんであの人が自慢するのか分からないけど」

テオの言葉にケインは「はは」と笑う。

「で、活躍したって、具体的にどんなことをやったのさ」

「活躍か。どんなだろうね」

「なんだよ、それ」

「ただ、美味しいものが食べたくて、頑張っただけなんだけど」

ケインの声に、テオが「料理？」と、兄を見上げてきた。

「そう。いっぱい美味しい料理を作ってきたんだよ。うちに帰ったらテオや父さん、母さんたちに作ってあげるからな」

やった、と笑顔になったテオだが、すぐに「でも」と、顔を曇らせる。

「家は王宮で使うような高級な材料がないよ？　王様が食べる料理だから、特別なんだろう？」

「そんなことないよ。……まあ、そういうのもあるけど。家にあるもので十分美味しいものが作れるから。テオはきっと大好きだと思うよ」

ケインの返事にテオが両手を上げて「やった、楽しみ」と、喜んだ。

夕食は、母の手料理に加え、ケインが作ったフィッシュアンドチップスと鶏の唐揚げ、王都から持ってきた即席コンソメの素で作ったスープ、そしてデザートにはプリンがテーブルに並んだ。

家族はケインの作った料理に驚き、大変喜んだ。途中から、ケインの帰省を知った村の人たちも集まってきて、大宴会となる。彼らも全員新しい味に舌鼓を打ち、瞬く間に皿が空になっていき、ケインは急いで追加の料理を出さなければならなかった。

「芋がこんなに美味しくなるとは。驚いたな」

ポテトチップスを食べたジョゼフが驚きの声を上げた。

「ね、美味しいでしょう。酒のつまみにもなるし、子どものおやつにもなる。凄く簡単なのにね」

「この鶏を揚げたのも絶品だ。揚げるだけでこんなに美味くなるとは！」

「揚げただけじゃないよ。下味を付けるのが大切なんだ」

ここにいる間に、たくさんの料理を作って、村のみんなにも作り方を教えるつもりだ。食が豊かになれば楽しみが増える。そうしたら笑顔も増えて、活力も増すと思うのだ。

「橋もまもなく架かるし、道のほうもぼちぼち始まっている。なんだか急にいろいろ良い方向に転がるようになった」

父がそう言って、母と頷き合っている。

「何よりもよかったのは、ケインの呪いが無事に解けたことよね」

みんながうんうんと頷き、「あのときは焦った」と、ジョゼフが遠くを見るような目をしながら言った。

「本当だよね。それで王都に行って、今こうなっているんだから」

不思議な縁だと思う。あの男に呪いを掛けられなければ、ケインはリヒトールに会うこともなく、こうして美味しい料理をみんなに振る舞うこともできず、たぶんあのまま村で一生を過ごしていた。そしてリヒトールも自分に呪いを掛けた者の正体を知ることなく、あの離宮で今でもひっそりと暮らしていたのだろう。

そもそも、前世の記憶を思い出したきっかけが、呪いを掛けられ昏倒したことだったのだ。あれが原因なのかは今更検証しようがないが、やっぱり関係していると思うのだ。

そう思うと、オーギュストとの出会いが、ケインの人生を変えたことになる。

まあ、感謝なんかしないけど。リヒトールを不幸にした元凶があの男なのだから。

賑やかな宴が延々と続き、解散したのは深夜に近い時刻だった。テオは途中から眠ってしまった。父は一人でテーブルに残り、まだ酒を飲んでいた。そんなに強くはないが、嬉しいことが重なった今日は、特別みたいだ。

母が片付けをしている側で、ケインはパンを仕込んでいた。明日はフカフカのパンに、ピザを作るつもりだ。天然酵母は置いていくが、これも作り方を教えようと思っている。

村には一週間しかいられないから、その間にやることがいっぱいだった。本当はもっと長く滞在したいのだが、往復で二十日以上も掛かるから、それ以上の休暇を取ると、コック長が泣くから、仕方がない。

リヒトールは騎獣で送ると行ってくれたが、そういう特別扱いされるのは困ると思ったので断った。これから先、橋もできて、道も整備されれば、もっと短い期間で行き来できるようになるだろう。

そんなことを考えながら、パン生地を練っていたら、——ケイン。と、頭の中で自分を呼ぶ声がした。

「え、嘘」

突然聞こえたリヒトールの声に、思わず声を上げてしまい、母に吃驚《びっくり》された。

——楡の木の下にいる。おまえが言っていた丘の上だ。

まさか村までやってきたのかと驚き、母に用事ができたからと言い置いて、ケインは家を飛び出した。

まさか、まさか、と思いながら丘まで走って行くと、リヒトールが立っていた。

駆け寄るケインを見て、少しバツが悪そうな笑顔を作り、「来ちゃった」みたいな顔をしている。

「……驚きました。どうしたんですか」

「そろそろ着く頃だと思ってな、飛んできた。顔を見たかっただけだから、すぐに帰る」

なんとも気軽な訪問である。

「帰りは迎えに来よう。そのときは騎獣を使うから」

王都を出てから十日振りの再会に、リヒトールは嬉しそうに笑い、ケインの頬を撫でてきた。

「馬車で帰りますよ。そういう日程で休暇をもらったんですから」

「私が我慢できないのだ」

引き寄せられ、髪を撫でられた。

「特別扱いは困ります」

公私混同は駄目だと、厳しめの声で言うが、「おまえは特別なのだから、困らない」と、切り返されてしまった。

そういえば、無駄に行動力のある人だったと思い出し、ケインは溜め息を吐いた。食べたいと思ったら飛んできて、会いたいと思えばやっぱり飛んでくるのか。

「……仕方がないですね」

ケインが断っても、一週間後には必ずやってくる予感がした。

ケインの了承の言葉を聞き、リヒトールが破顔した。長身を屈め、ケインの頬に軽くキスをしてから、丘の下に目をやる。

「いい村だな。ここでおまえは生まれ、育ったのだな」

「小さい村でしょう」

土地は広大だが、人が住んでいる範囲は狭く、この丘から一望できる。

「おまえが何処からやってきて、どんな暮らしをし、今に至っているのかを、ずっと知りたいと思っていた」

眼下の景色から、隣に立つケインに視線を移し、リヒトールが僅かに首を傾ける。

「私とはまるで考え方が違う。驚愕し、刺激を受けると共に、不思議に感じていた。おまえをそのように創ったのは、なんなのだろう。この者は、いったい何処からやってきたのかと、ずっと不思議に思っていたのだ」

リヒトールの言葉に、ケインは微笑みを返すことしかできない。そんなケインの顔を見て、リヒトールも笑みを浮かべる。

「そうだな。おまえはおまえだ」

いつか。

「私と同じ人間だということは変わらない」

話したくなるときが来るだろうと、美しい笑みを浮かべている人を見つめながら、そう思う。

「おまえと出逢い、今こうしていられることこそが、大切なのだから」

自分がこの村ではない、もっと遠くからやってきたことを、この人にだけは知ってもらいたい。

「そうだ。ご両親に挨拶をしなければ」

そんなことを考えている横で、リヒトールが思いついたという顔で、パン、と手を打つ。

「夜中ですから。またにしましょう」

すぐにでもケインの家に突撃しそうなリヒトールを引き留めた。

「おまえは私の伴侶になるのだからな」

そう言って柔らかく笑い、今度は唇にキスをする。

リヒトールの婚姻については、国王にはまだ何も話していない。焦らなくても、リヒトールの妃選びは時間が掛かると考えられている。何故ならリヒトールの魔力は国王を凌駕《りょうが》するほどで、彼に匹敵するほどの魔力を持つ相手を探すのが困難だからだ。

そうして妃選びが難航している間に、リヒトールはケインの身体に自分の魔力を流し込む作業を進めようと計画をしているようだ。王族や貴族の嫌う、直截な魔力の融合、つまりはセックスに励もうということだ。

将来ケインがリヒトールに匹敵するほどの魔力を手に入れたときには、二人の婚姻は許されるのではとリヒトールは考えているようだ。王族たちは魔力の強い者が正義だからだと。

それを証拠に、もしリヒトールに相応しい魔力を持つ伴侶が現れなかった場合、最終手段は、父王と魔力の融合を行うことになるという。

その話を聞いたときには、それこそ禁忌なのではと驚いたのだが、魔石を介しての魔力の融合なので、特に問題にはならず、長い歴史の中ではそういうこともあったそうだ。

王族の婚姻が、性交渉を伴わないまま行われるようになったのは、そういうことが理由なのかもしれない。

より強い魔力を保有するために、彼らは魔力を融合させ、次の世代に引き継ごうとする。

「いつか、魔力の強弱などに関わりなく、愛し合う者同士での婚姻が成立する時代になればいい」

リヒトールがケインの手を取り、指先を弄《もてあそ》びながら、そう言った。

王の権威も、貴族の階級も、魔力で測るのではなく、例えば政治力、生活力や知識、貢献度など、魔力とは関係のない力で決まる時代が来るといい。

「そのほうがよほど満ち足りた人生が送れる。私とおまえのように」

リヒトールはそう言って、月明かりのような優しい笑みを浮かべるのだった。

あとがき

こんにちは、もしくははじめまして、野原滋です。このたびは拙作「恋する豹と受難の猫」をお手に取っていただき、ありがとうございます。

昼と夜とで姿が変わってしまう二人のすれ違いのお話は、新作についての打ち合わせをしていたときに、担当さんからいただいたアイデアです。お互いに想いあっていても、種族が違うために意思の疎通ができないジレジレ感がいいのではというお話をいただき、この設定に興奮しすぎた結果、まったくお門違いなプロットを四万字近くも書き連ねてしまったことは、今ではいい思い出です（笑）

そうして、あくまでもBLですから！　という、いつもの叱咤をいただいて、出来上がったのが本作です。ついでに転生者という設定も盛り込み、おまけにちょっとしたお料理BLの様相もありの、盛りだくさんな内容となりました。料理があまり得意といえない筆者ですが、主人公も特にプロの料理人ではないため、素人さ加減がちょうどよかったかな、なんて思っています。

攻めのリヒトールは、呪われた運命を背負う悲劇の王太子なのですが、受けに胃袋を摑まれた辺りから、食いしん坊キャラが顔を出し、気品がありながらもお茶目な感じに仕上がり、自分としては気に入っています。ずっと隔離された生活をしていたための、無垢な性質を表現したつもりですが、上手く伝わったでしょうか。

不運を不運だけと捉えない受けの性格と相まって、ほっこりとした物語を目指してみました。二人の奮闘と、惹かれ合っていく経緯を楽しんでいただけたなら嬉しいです。

イラストを担当くださった街子マドカ先生、今回も素敵なイラストをありがとうございました。クールビューティーな豹の王太子と、可愛らしい黒猫のケインの姿をこの目で見るのを楽しみにしております。

そして、今回も担当さまには大変お世話になりました。最初にお渡しした膨大なプロットに、倒れそうになったことと思いますが、これに懲りずに末永いお付き合いをお願いいたします！

最後に、ここまでお付き合いくださいました読者さまにも厚く御礼申し上げます。

猫と豹、しかも人として会える時間がすれ違う二人の、一生懸命な恋の物語をどうか温かい目で見守ってあげてください。

次の機会にもお目にかかれますことを切に祈りながら。

野原滋

✦初出　恋する豹と受難の猫……………書き下ろし

野原滋先生、街子マドカ先生へのお便り、本作品に関するご意見、ご感想などは
〒151-0051 東京都渋谷区千駄ヶ谷 4-9-7
幻冬舎コミックス　ルチル文庫「恋する豹と受難の猫」係まで。

幻冬舎ルチル文庫

恋する豹と受難の猫

2021年3月20日　　第1刷発行

✦著者　野原 滋　のはら しげる

✦発行人　石原正康

✦発行元　株式会社 幻冬舎コミックス
〒151-0051 東京都渋谷区千駄ヶ谷 4-9-7
電話 03(5411)6431［編集］

✦発売元　株式会社 幻冬舎
〒151-0051 東京都渋谷区千駄ヶ谷 4-9-7
電話 03(5411)6222［営業］
振替 00120-8-767643

✦印刷・製本所　中央精版印刷株式会社

✦検印廃止

ISBN978-4-344-84817-7　C0193　Printed in Japan